Moi Angelica
Esclave

Castor Poche
Collection animée par
François Faucher, Hélène Wadowski,
Martine Lang, Cécile Fourquier et Céline Vial

Titre original :

MY NAME IS NOT ANGELICA

Une production de l'Atelier du Père Castor

SCOTT O'DELL

Moi, Angelica, Esclave

Traduit de l'anglais (États-Unis) par
SMAHANN BEN NOUNA

Castor Poche Flammarion

Scott O'Dell

L'auteur, est né à Los Angeles, « à une époque, nous dit-il, où l'on y voyait plus de chevaux que d'automobiles, et plus de lièvres que d'êtres humains ». Des livres, il en a écrit une vingtaine, depuis un quart de siècle environ. Il préfère écrire pour un jeune public parce que, dit-il, « les jeunes réagissent bien davantage à ce qu'ils ont lu et n'hésitent pas à écrire à l'auteur ». Bon nombre de ses récits ont pour point de départ une réalité historique, et mettent en scène des adolescents aux prises avec un monde tourmenté, où rien n'est jamais ni blanc ni noir, où les choix ne sont jamais simples, mais ne peuvent pas non plus s'éluder. Scott O'Dell a reçu plus d'une dizaine de récompenses littéraires, dont le prix Hans Christian Andersen, la plus haute distinction internationale couronnant l'ensemble d'une œuvre d'un auteur pour enfants. Scott O'Dell est mort à la fin de l'année 1989. Du même auteur, traduits en français, dans la collection Castor Poche : L'énigme de l'Amy Foster, n° 127 ; La complainte de la lune basse n° 216 ; Le défi d'Alexandra, n° 316 ; Intrépide Sarah, n° 349.

Smahann Ben Nouna

La traductrice vit à Paris. Elle parle aussi bien arabe que français, et prend plaisir à traduire de l'anglais et de l'espagnol. Passionnée et curieuse de tout, elle est diplômée de l'École des hautes études en sciences sociales. Outre la traduction, elle accompagne, au sein d'une association, des jeunes que la vie n'a pas toujours choyés.

Anne Buguet

L'illustratrice est née le 24 juin 1943 à Paris, mais elle a passé son enfance au bord du lac d'Annecy, en Haute-Savoie. Souvent, le dimanche, son père l'emmenait peindre avec ses frères dans la nature pendant qu'il pêchait. Elle a étudié le dessin aux Arts Appliqués et elle est aujourd'hui professeur. Elle vit à Paris avec un professeur d'anglais, et leurs deux enfants : Aude, qui veut être aussi professeur de dessin, et Guillaume, qui ne rêve que d'informatique.

À Rosa Parks
*qui ne s'est pas assise à l'arrière du bus**

* Rosa Parks, habitante de Montgomery, Alabama, où sévissaient les lois ségrégationnistes. Étant montée dans un autobus où toutes les places à l'arrière étaient occupées, Rosa Parks, une femme noire, s'assit à l'avant du véhicule. Refusant de céder sa place à un passager blanc, le 1er décembre 1955, elle fut arrêtée pour avoir violé la loi selon laquelle les Noirs devaient s'asseoir à l'arrière du bus même s'il y avait des sièges libres à l'avant, domaine réservé aux Blancs. Après cet incident, les Noirs de Montgomery boycottèrent les bus pendant plus d'un an, jusqu'à ce que cette loi raciste fût abolie. Martin Luther King prit la tête de ce mouvement, ce fut sa première action. (*N.d.T.*)

Note de l'auteur

Pendant la rédaction de *Mon nom n'est pas Angelica*, je me suis entretenu avec des bibliothécaires et des professeurs des îles Saint Thomas et Saint John, ainsi qu'avec des descendants d'esclaves qui traversèrent la révolte de 1733-1734.

Découverte par Colomb en 1493, l'île de Saint John passa tour à tour entre les mains des Espagnols, des Hollandais, des Anglais et des Français jusqu'en 1717, où elle fut occupée par les Danois. Deux siècles plus tard, l'île fut vendue aux États-Unis.

Les ouvrages suivants m'ont été particulièrement utiles : *The Danish West Indies Under Compagny Rule* de Westergaard ; l'opuscule de Jadan, *A Guide to Natural History of Saint John; Night of the Silent Drums* par John Anderson qui, pendant trente-cinq ans, a fait des recherches pour écrire ce beau roman ; et enfin les merveilleux livres de l'explorateur Basil Davidson, *Black Mother : The African Slave Trade, The African Genius* et *The Lost Cities of Africa*.

Chapitre I

L'été touchait à sa fin. Le roi Agaja avait dépêché dans notre village dix de ses cinq cents gardes femmes qui avaient descendu la rivière en pirogue. Armées de sabre, elles portaient de longues tuniques dorées, des anneaux d'argent, des colliers de perles taillées dans la pierre de lune.

Debout au bord de la berge près de mon père, je tenais ma sœur par la main. Âgée de seize ans et plutôt grande, je me sentais telle une enfant face à ces géantes qui se dirigeaient vers le fromager où se trouvait Konje. On eût dit d'immenses statues venues à la vie.

La chef des guerrières s'adressa à Konje d'une voix de reine :

— Le roi Agaja, roi de Zamboya, empereur des Terres de l'Ouest et de l'Est, a appris le décès de votre père, dit-elle. Cette nouvelle a attristé Sa Majesté qui, à présent, craint le pire pour l'amitié qui lie Zamboya à Barato…

Au mot « amitié », je sentis la main de mon père se crisper dans la mienne – mon père, Tembu Motara, le premier conseiller de Barato. Nulle amitié n'avait jamais existé entre le roi Agaja et le défunt père de Konje. À Barato, personne n'avait jamais vu le souverain de Zamboya. D'ailleurs, leurs marchands ne commerçaient pas avec nous.

La chef poursuivit :

— Afin de préserver cette amitié, Sa Majesté donnera, dans dix jours, une grande fête à laquelle vous et votre cour êtes conviés.

Konje, que ne désarmait pas un lion furieux, avait été manifestement surpris lorsque les dix guerrières avaient débarqué de la pirogue et que leur chef lui avait adressé la parole. Konje s'inclina deux fois, tira sur sa ceinture puis se tourna vers mon père, le premier conseiller.

De sa voix profonde, ce dernier rétorqua :

— Je vous prie d'informer Sa Majesté qu'au nom de cette amitié, nous acceptons sa généreuse invitation.

Dominant toutes les personnes présentes par sa haute taille, l'envoyée de Zamboya répondit en regardant au loin :

— Sa Majesté sera heureuse et honorée de vous divertir, vous et votre cour.

Sur ces mots, elle guida ses guerrières à la pirogue en faisant tinter ses bracelets. Calmement, les femmes remontèrent la rivière boueuse. Alors qu'elles s'éloignaient, la messagère nous salua de la main. Le village lui rendit la pareille.

— L'invitation me surprend. Qu'en penses-tu ? demanda Konje à mon père.

— Nous irons à cette fête, bien entendu. Mais d'ici là, nous devons réfléchir. L'inondation a changé bien des choses ; l'époque est finie où Barato ne représentait que six villages cachés dans la brousse, loin de la rivière et de la mer.

En effet, en avril dernier, alors qu'il pleuvait sans discontinuer depuis des semaines, le cours de notre puissante rivière dévia. Formant une grande boucle, elle s'échappa des terres que le roi Agaja gouvernait, le privant ainsi de port. En se traçant un nouveau chemin, la rivière noya un de nos villages et une grande partie de notre palmeraie mais, miraculeusement, nous nous trouvions désormais en bordure de mer.

— Le roi Agaja n'a plus de port, reprit mon père. Pour faire transiter ses marchandises, il devra donc passer par Barato. Ce qu'il a en tête est très simple : il ne veut pas s'acquitter de l'impôt – si infime soit-il – sur les biens qu'il embarquera.

Konje n'entendait pas grand-chose au commerce.

— Que veut-il expédier ?

— Des défenses d'éléphant, de l'or, de l'huile de palme. Des esclaves aussi.

— Des esclaves ? D'où viennent-ils ?

— Des terres qui s'étendent au-delà des montagnes, là où naît la rivière. Mais le souverain de Zamboya les trouve un peu partout. Chaque année il remet plus de six mille esclaves à l'Espagne, au Portugal et d'autres pays.

— Nous ne pouvons lever un impôt sur des esclaves, rétorqua Konje. Je n'aime pas cette idée.

— De tous les impôts, c'est le plus fructueux. Agaja nous paiera pour chaque esclave qu'il expédiera. Et un impôt sur ce que ses acheteurs paieront en retour : un mousquet, du plomb et des barils de poudre. Très vite, tu seras riche.

— Non, refusa Konje.

— Tu possèdes des esclaves, j'en possède aussi. Tous les anciens en ont. Quelle est la différence entre nos esclaves et ceux qu'Agaja envoie à l'étranger?

— Les nôtres sont bien traités, tels des membres de notre famille. Bon nombre d'esclaves vendus, ai-je entendu dire, sont rôtis sur des feux ardents puis dévorés.

— Mangés? s'étonna mon père. Mais c'est absurde!

Le soleil déclinait vers un banc de nuages gorgés de pluie alors qu'un vent frais soufflait du port. Des domestiques guidant une file de chevaux s'approchèrent. Il était temps pour Konje et ses amis de la noblesse de galoper jusqu'aux prairies situées derrière les marais et la forêt de palmiers qui nous cernaient. Ils allaient chasser la panthère et autres bêtes sauvages.

Les chevaux enrubannés attirèrent l'attention de Konje. Claquant des mains comme un enfant, il se mit à fredonner un air. Son choix se porta sur une magnifique jument pommelée. Bondissant sur le dos de l'animal, Konje commença à tourner autour de l'arbre près duquel père et moi nous tenions. Le fils du défunt monarque progressait lentement, assis bien droit sur la croupe de la jument recouverte d'une étoffe tissée de fils d'or.

Les yeux rivés sur moi, Konje voulait être certain que je le regardais. Et en effet, je le regardais décrire deux cercles lents autour du gros fromager.

— Raisha, mon cheval te plaît-il ? me demanda-t-il.

— Il est magnifique, répondis-je.

Nous ne pouvions nous marier tant qu'il n'avait pas fêté ses trente ans et Konje n'en avait que vingt-sept. Telle était la loi à Barato et jamais elle ne fut violée.

Konje aimait me taquiner. Une fois, je lui laissai entendre qu'un aîné avait demandé ma main. Mais Konje et moi savions que nos cœurs étaient à jamais liés.

Chapitre 2

Quelques jours après la visite des guerrières, le roi Agaja fit envoyer des pirogues pleines de fleurs de cierges* qui éclosent la nuit, de fougères roses de la jungle et de frangipaniers. Les habitants de notre village se dirigèrent vers la rivière.

Débarquant de la pirogue, des guerriers accompagnés d'un nain aux cheveux grisonnants répandirent des fleurs sous le fromager. Le petit homme remonta le sentier en se dandinant comme un canard et s'arrêta devant Konje.

* Cierge : cactus d'Amérique tropicale formant de hautes colonnes verticales. (*N.d.T.*)

— Les fleurs de l'amitié..., annonça-t-il d'une voix flûtée. Un cadeau du roi Agaja aux femmes de votre cour.

Surpris par le spectacle, Konje ne trouva rien à répondre. Selon la tradition, il devait payer le monarque Agaja en retour, mais que pouvait-il offrir? Embarrassé, Konje se tourna vers mon père qui détourna le regard – un signe censé l'apaiser. Konje envoya alors un domestique au service des comptes qui revint avec une calebasse de perles de rivière aussi brillantes que la lune à la tombée de la nuit.

— C'est avec plaisir que je transmets ces perles de l'amitié au roi Agaja, déclara Konje.

Le nain sourit, découvrant du même coup des dents en or.

— Sa Majesté sera enchantée, tout comme les femmes qui les porteront.

L'envoyé pressa la calebasse de perles contre sa poitrine.

— Combien d'honorables invités aurons-nous à accueillir? demanda-t-il.

— Quatre-vingt-treize personnes de ce village, répondit Konje. Quant aux cinq autres villages, je n'en ai aucune idée. Ils sont en pleines moissons en ce moment.

Après s'être excusé, Konje se dirigea vers le

tambour mâle* posé au milieu des arbres. Cet instrument, le plus gros, avait été taillé dans un tronc creux recouvert d'une peau de chèvre. Frappant le tambour, Konje s'adressa d'abord au village le plus proche, puis aux quatre autres, en martelant l'imposant tam-tam à l'aide d'une corne de rhinocéros.

Les réponses ne se firent pas attendre. Après un rapide calcul, Konje annonça au nain qu'il se rendrait à la fête, accompagné de cent huit invités, un peu plus peut-être.

— Présentez-vous avec le nombre de sujets qu'il vous plaira, assura l'envoyé d'Agaja. Sa Majesté vient d'offrir l'hospitalité à une caravane de deux cents marchands éthiopiens, et cela durant un mois.

Konje passa une main sur son épaisse chevelure. Fronçant les sourcils, il interrogea à nouveau mon père du regard. J'étais certaine qu'il voulait faire un autre cadeau. Il avait certes offert des perles aux femmes de la cour d'Agaja, mais devait-il faire un présent au monarque ?

À nouveau, mon père lui lança un regard froid

* Tambour mâle : les tambours ou tam-tams africains sont divisés en deux classes : le mâle et la femelle, ou le grave et l'aigu, permettant un langage bitonal.

puis détourna la tête. Premier conseiller de Barato, il était d'une grande prudence avec l'argent. Il notait, dans un grand livre recouvert d'une peau de zèbre, les entrées et sorties d'argent de nos six villages. En outre régent de Barato jusqu'aux trente ans de Konje, il contenait fermement les élans de ce jeune homme gâté.

Lorsque la pluie se mit à tomber, les guerriers de Zamboya bondirent soudain de la pirogue et placèrent une natte au-dessus du nain. L'envoyé se prosterna jusqu'au sol puis exécuta des courbettes tout en se dirigeant vers la rivière. Tout en s'éloignant, le nain faisait face à Konje et je remarquai le regard pesant qu'il avait jeté au ponton de bambous que nos anciens construisaient à l'embouchure du fleuve.

Arrivé à la pirogue, il lança :

— Qu'il fasse jour ou nuit, dans trois jours, je vous accueillerai aux portes de Malai.

Fidèle à sa parole, le nain était là trois jours plus tard. Enveloppé dans des replis d'étoffes écarlates, il était accompagné de deux colonnes de gardes nus qui s'étiraient depuis la berge jusqu'à une colline de forme étrange.

Au bout de cette allée de gardes dont la peau

luisait de sueur, le nain indiqua le chemin à ses invités. Konje lui emboîta le pas, suivi de sa cour. J'entendis une musique de trompettes et de petits tambours provenant d'un endroit invisible.

De part et d'autre de l'allée, j'aperçus des rues droites comme des flèches et bordées de huttes. La moitié de ces bâtisses faites en terre et en paille tombaient en ruine. Des hommes chargés de pierres avaient envahi les alentours.

Le chemin menait à une falaise pierreuse dont un versant était orné de cercles, de triangles et de zigzags de couleurs vives.

L'allée se rétrécissait. Penché vers l'extérieur, le sommet de la falaise nous surplombait. Quittant les gardes, nous nous retrouvâmes soudain dans une grotte, me sembla-t-il. Le chemin s'arrêtait là. Au-dessus de nos têtes, un nuage blanc troublait un morceau de ciel.

D'une voix douce, le nain nous demanda de nous placer contre une paroi, quand nous aperçûmes une nacelle descendre du trou où l'on voyait le ciel.

— Nous montons vers les jardins et le palais du roi, annonça-t-il. La nacelle ne peut accueillir que sept personnes à la fois, mais ce n'est pas très haut, vous verrez.

À mes yeux, le sommet était haut, haut comme dix hommes debout. Pendant l'incessant va-et-vient de la nacelle qui hissait les hommes au sommet, le nain eut le temps de raconter à Konje les histoires des nombreux envahisseurs qui avaient vainement tenté de grimper à cette falaise.

— Cette falaise n'est pas la seule protection du roi, dit-il. D'autres entourent le palais de toutes parts. Nombre d'envahisseurs ont été massacrés à la rivière et ceux qui atteignent cette grotte ne vont pas plus loin.

Comme nous ne représentions pas une menace pour son souverain, le nain devait certainement nous rapporter ces histoires dans un seul et unique but : il était persuadé que celles-ci parviendraient jusqu'aux oreilles des Anglais, installés dans leur gros fort, à l'embouchure de la rivière.

Konje, mon père, ma mère, Dondo notre serviteur et moi fûmes les derniers à monter dans la nacelle. Le gros panier heurtait les parois de ce trou sombre, la corde craquait, de l'eau gouttait sur nos têtes. Lorsque les hommes qui nous hissaient en chantant immobilisèrent la nacelle, nous nous balançâmes un moment dans le vide – à dessein, songeai-je. Ma mère déclara alors qu'elle regrettait d'avoir quitté notre tranquille village. J'éprouvais le même sentiment.

Je croyais que le nain se trouvait encore en bas, mais lorsque les serviteurs nous aidèrent à sortir de la nacelle, je le vis là, tout souriant. De la main, il nous indiqua une allée fleurie bordée de palmiers et dont l'extrémité menait à un mur peint de la même couleur que le versant de la falaise. Au-dessus de ce mur se dressaient trois tourelles au sommet brisé qui portaient les mêmes zigzags et signes que la falaise – l'écriture arabe.

Hormis Konje – subjugué par ce trou sombre suintant d'eau, par cette nacelle se balançant dans le vide, ces murs et ces tourelles en ruine s'étendant devant nous – hormis Konje, chacun traversa en silence une voûte donnant sur une salle que des torches éclairaient.

Des étoffes colorées drapaient les murs, des tapis recouvraient le sol. Embaumant l'encens, l'air s'agitait doucement sous l'effet des grandes feuilles de palmiers qu'agitaient les gardes.

Chapitre 3

Nous traversâmes cette salle, puis on nous rassembla dans une cour qui aurait pu aisément accueillir un millier de convives. Vestige d'une ancienne fontaine, une fosse entourée d'un tas de pierres trônait au centre de cet espace en plein air. Des vipères se réchauffaient au soleil parmi les pierres, et le pourtour de la cour était percé de petites ouvertures agrémentées de fleurs.

Nous fûmes invités à nous rafraîchir, puis le nain nous guida à travers un passage obscur débouchant sur une cour bien plus grande que la première, où des bandes de soie colorée striaient le ciel.

Dans une atmosphère étouffante de fumée,

des bœufs et des bêtes sauvages rôtissaient sur des broches. De jeunes garçons récupéraient le jus ruisselant pour le verser sur les pièces de viande qui tournaient. Des oiseaux parés de plumes grillaient sur des braises.

Assis par terre, sur un tapis de fleurs, nous mangeâmes ces mets en sirotant des jus de fruits contenus dans des jarres à grandes anses. Des cors et de petits tambours jouaient une musique qu'aucun d'entre nous n'avait entendue auparavant.

Le nain allait et venait pour s'assurer que nous ne manquions de rien, mais le roi Agaja, invisible, se faisait attendre. Je commençais à croire qu'il n'existait pas, que le roi n'était autre que ce nain quand, dans une explosion de cors, des guerriers au visage peint se dirigèrent vers le centre de la cour.

Ils portaient sur leurs épaules un fauteuil d'ivoire orné de cordelettes et de chaînes d'or. Perdu dans une profusion de coussins trônait un homme pas plus grand que le nain, vêtu d'une longue tunique jaune et d'un chapeau rouge pointu.

Soudain, les cors et les tambours s'étant tus, les guerriers alignés contre les murs de la cour se prosternèrent jusqu'au sol. Un mot murmuré par Konje, et nous nous agenouillâmes, lentement, car, en tant que chrétiens, rendre ainsi hommage à un roi musulman nous mettait mal à l'aise.

Agaja écarta les bras et, dès qu'il parla, l'homme parut plus grand. Employant notre propre dialecte, il nous souhaita la bienvenue dans son royaume, leva une coupe vers ses lèvres puis nous invita à nous joindre à lui en signe d'amitié.

Alors que le roi tenait haut sa coupe, des serviteurs remplirent les nôtres de jus pétillant. Lorsque le souverain porta son verre à la bouche, nous bûmes à notre tour, puis lorsqu'il la vida et la jeta, nous en fîmes autant. Le roi se mit alors à rire. Nous l'imitâmes… quand, brusquement, tout changea.

Les rires cessèrent. Entouré de ses guerrières, le roi Agaja quitta soudain la cour en passant sous une arche de défenses d'éléphant et pénétra dans une pièce éclairée par des lampes suspendues. Le nain fit signe à Konje et à son Conseil d'anciens de suivre le roi. Une porte en treillis piquée de pierres précieuses étincelantes se referma alors derrière eux.

Nos langues étant différentes, les femmes de

notre cour et celles du roi Agaja se parlaient peu. Je me sentais mal à l'aise.

Les musiciens jouaient des airs tandis qu'on nous servait des douceurs. Bientôt la nuit tomba et la lune se leva. Par moments, des voix résonnaient à travers la porte en treillis mais, trop indistinctes, je ne pouvais comprendre ce qui se disait. J'avais pourtant le sentiment qu'une dispute avait éclaté entre le roi et notre Conseil à propos d'une chose qui ne pouvait être négociée à l'amiable.

J'avais raison. Terriblement raison.

Au matin, tandis que des nuages sombres masquaient la lune, je me réveillai en sentant la pression d'une main sur ma bouche, et d'une seconde sur ma gorge. Une voix me chuchota :

— Du calme, je ne te ferai aucun mal !

Des bruits jaillirent soudain de la salle aux rideaux où les femmes de Barato dormaient. Des pas furtifs amortis par les épais tapis, des cris, des jurons, un hurlement sauvage...

On me mit debout, on m'enveloppa la tête d'une longue écharpe de soie. Deux hommes, me soulevant de terre pour me contraindre à avancer, m'emmenèrent à la falaise puis me descendirent de la colline à travers le trou béant. Sept personnes subissaient le même sort que moi. Qui elles étaient, je l'ignorai jusqu'au moment où nous atteignîmes le fleuve et où on nous étendit dans une pirogue de combat.

Aux premiers rayons gris de l'aube, je distinguai Konje, les mains et les pieds entravés, un chiffon dans la bouche, et une entaille à la joue qui ne cessait de saigner. Près de lui, Dondo, également ligoté. Face à moi, je vis notre esclave Lenta et ses deux garçons. J'avais l'impression qu'Agaja avait délibérément choisi ces six personnes.

Pas très loin derrière nous, deux autres pirogues étaient bondées des habitants de Barato. Pourtant, je ne vis pas ma famille : mon père, ma mère, ma sœur.

J'allais ne plus jamais les revoir.

Les pirogues descendaient rapidement la rivière en empruntant la grande boucle créée par la dernière tempête. Alors que nous doublions notre village, Konje tenta de parler mais seuls de petits cris sortirent de sa bouche. D'un signe de la tête, Dondo indiqua la mer.

— Des bateaux d'esclaves, des bateaux négriers…, dit-il. Ils nous attendent.

Trois navires mouillaient là où le fleuve et la mer se rejoignaient. Trois autres bâtiments en attente de peinture étaient ancrés à bonne distance les uns des autres. Des pavillons en lambeaux battaient au sommet des mâts.

Tandis que nous passions devant le premier des navires, des Noirs crièrent à notre adresse. Les poings levés, ils nous prévenaient des dangers à venir. Ils nous hurlaient de sauter à l'eau, de tuer nos ravisseurs avant qu'il ne fût trop tard.

Lorsque la pirogue atteignit le troisième navire négrier, des hommes nous hissèrent sur le pont à l'aide d'un filet. À la dernière minute, Konje lutta pour se libérer, mais il demeurait attaché à Dondo par des chaînes. Sa lutte s'acheva par un coup sur la tête qu'un souriant marin lui assena.

Le navire sillonna la mer vers le nord des jours durant avant que je ne revoie Konje. Certaine que son arrogance lui causerait beaucoup d'ennuis, j'étais inquiète pour lui. Attristée, je craignais la mort pour mon fiancé. Toutefois, l'inquiétude et le chagrin me sauvèrent la vie. Cela m'empêcha de penser au terrible destin qui s'était abattu sur ma famille et moi-même, cela m'empêcha de sauter par-dessus bord lors d'une nuit noire et de mettre ainsi un terme à ma vie.

Lorsque j'aperçus Konje à nouveau, il avait été libéré de ses chaînes. Vêtu d'une chemise rouge et d'un chapeau jaune, Konje dirigeait une équipe d'esclaves qui ramassaient les ordures sur le pont où nous survivions.

Un des propriétaires du navire baptisé *God's Adventure* se nommait Len Sorensen. Je connaissais maître Sorensen depuis cinq ans. Autrefois, il venait dans notre village pour tenter d'acheter des esclaves. Il n'en avait jamais acquis auprès du défunt père de Konje ni de Konje lui-même. Pourtant il demeurait amical, nous apportait des cadeaux.

Trois jours plus tard, quand il me vit parmi cette foule d'esclaves qu'il avait ramassés le long de la côte, maître Sorensen me manifesta de la sympathie. Il me dénicha un espace propre où je pouvais soit m'allonger, soit me tenir debout. Sur ce bateau, les ponts étaient si rapprochés qu'on ne tenait que couché sur le dos.

Mieux, maître Sorensen apaisa certaines de mes craintes. Je ne prêtai aucune foi à la rumeur selon laquelle les Blancs chez qui nous allions étaient des cannibales, comme beaucoup d'entre nous le croyaient. Ils nous feraient travailler dur mais ne nous mangeraient pas.

L'île de Saint John – qui allait devenir

notre terre – appartenait au Danemark, m'apprit maître Sorensen. Cette île, me dit-il, se trouvait très loin de l'autre côté de l'océan, près de l'Amérique. Il m'expliqua que j'allais être vendue à un planteur blanc, et comment je devais me comporter.

— Le planteur qui t'achètera te mettra au travail dans sa maison ou dans les champs de canne à sucre. Dans les champs, sous le soleil brûlant, les esclaves ne survivent pas longtemps – une année peut-être. Alors montre tes dents blanches, Raisha, souris tout le temps et ne dis rien à moins qu'on ne te questionne.

Au début, nous discutions dans mon dialecte, puis maître Sorensen commença à parler en danois. J'appris alors un peu de sa langue, ce qui me fut très utile lorsque je débarquai à Saint John.

Chapitre 4

Le *God's Adventure* – un nom porteur de bien des espérances pour un navire si barbare – mettait six mois, voire plus, pour, du continent africain, relier les îles. À la tombée de la nuit, le bateau quitta l'embouchure du fleuve et, mettant le cap au nord, longea lentement la côte des esclaves où il faisait une halte à chaque port.

Le capitaine Sorensen y ramassait deux ou trois esclaves. Très exigeant, il n'achetait pas d'Achantis* qui, disait-il, créaient trop de problèmes. Les Sénégalais étaient intelligents, les Congolais, grands et beaux, les Mandingues,

* Achantis : ethnie de l'actuel Ghana. (*N.d.T.*)

paresseux. Les Ibos* faisaient de bons serviteurs de maison, m'expliqua-t-il. Aussi il en acheta dix.

Bondé bien avant de quitter le village d'Accra**, le *God's Adventure*, avec ses quatre ponts empilés si près l'un de l'autre qu'on ne pouvait tenir debout, débordait de nouveaux esclaves. Une épidémie de peste s'étant déclarée, trois ou quatre esclaves mouraient chaque jour.

Lenta et ses deux enfants vivaient dans le dernier pont du bas. Depuis notre départ, je ne l'avais pas revue jusqu'à ce que l'épidémie éclate et frappe son fils, Madi. Je le transportai en haut, à la place que Sorensen m'avait attribuée. En fait, Madi n'était pas malade de la peste ; il ne pouvait tout simplement pas manger la viande bouillie, verdâtre et charançonnée qui était le lot commun des esclaves. Il la vomissait.

Je partageai avec Madi la nourriture que le capitaine Sorensen veillait à ce qu'on me donne chaque jour. Bien vite, alors que le bateau retournait sur la côte pour ramasser de nou-

* Ibos : ethnie du Nigeria. (*N.d.T.*)

** Accra : actuelle capitale du Ghana. (*N.d.T.*)

veaux esclaves, Madi se sentit mieux. Son petit corps n'était encore qu'un paquet d'os mais il pouvait bouger, manger.

Alors qu'on approchait de la côte, une tempête se déchaîna. Le bateau roulait comme un tronc, ses mâts nus plongeaient jusque dans la mer. Il craquait, gémissait. Des vagues sinistres se dressaient pour s'engouffrer sur le pont supérieur et, en se retirant, emportaient des hommes avec elles.

La tempête nous repoussa vers le port d'Accra. Le capitaine Sorensen en profita pour embarquer d'autres esclaves afin de remplacer ceux qui avaient été tués par l'épidémie, la nourriture pourrie et la tempête. Puis il mit le cap vers les îles, riche de trois cent quatre-vingt-un esclaves.

Le navire avait à peine amorcé sa route qu'il prit l'eau, là où les charpentes extérieures du fond étaient en contact avec la mer. La fissure, pas très large, était néanmoins très longue. L'eau commençait à inonder le pont inférieur. Sorensen envoya alors des marins pour réparer mais leurs tentatives échouèrent. Pis, l'eau de mer s'infiltrait plus vite encore.

Ayant entendu parler de Madi et de ses doigts fins comme des baguettes, le capitaine Sorensen l'appela à la rescousse. Des hommes descendirent le garçon, une corde attachée autour de la taille, afin qu'il colmate la brèche avec des bandelettes de coton huilé. Après quoi l'eau pénétra plus lentement. Ils le ramenèrent alors sur le pont, lui offrirent une gorgée de rhum, un bol de maïs, de la viande fraîche, puis ils le redescendirent vers la mer. Madi termina de bourrer la fissure avec le coton, et la fuite stoppa.

Le crépuscule pointait, le navire progressait rapidement quand ils décidèrent de remonter Madi. Un moment avant, le garçon était là, une corde autour de la taille. L'instant d'après, il ne restait de Madi que la moitié de son corps.

Les requins l'avaient à demi dévoré.

Cette mort horrible faillit déclencher une révolte. Nous, les esclaves, ne parlions que de cela et il fallut que les marins se montrent avec des fouets et les gardes avec leurs mousquets pour faire cesser l'agitation. Le capitaine Sorensen nous menaça : si nous ne nous taisions pas, il ne nous donnerait que de l'eau, rien à manger, et jetterait les meneurs à la mer, aux requins.

La nourriture, déjà infecte, ne fit qu'empirer.

Des taches vertes maculaient la viande salée, d'étranges choses surnageaient à la surface des barriques d'eau moussues. Le navire puait bien qu'il fût lavé un jour sur deux. Envoyés dans les cales, des esclaves brûlaient de la poudre pour tuer les odeurs mais la puanteur persistait. Certains des esclaves installés sur les deux ponts inférieurs moururent et furent jetés pardessus bord. Un banc de requins gris nous suivait à la trace.

Puis, soudain, tout changea.

La nourriture devint meilleure, abondante. Un marin m'informa que maître Sorensen nous engraissait.

— Dans moins de deux semaines, nous atteindrons les îles. Le capitaine veut que tous ses esclaves paraissent en bonne santé.

Je transmis la nouvelle à mes compagnons d'infortune, croyant qu'ils seraient heureux d'apprendre que le voyage allait prendre fin. Je me trompais. Habitués à leur vie, si misérable fût-elle, ils redoutaient le moment du débarquement.

Tout ce que le capitaine Sorensen m'avait appris sur les îles Saint Thomas et Saint John se révéla vrai. Alors que le *God's Adventure* pénétrait dans le port de Saint Thomas, je vis une foule de Noirs et de Blancs rassemblés sur la place des ventes aux enchères, des drapeaux flottant partout, des orchestres qui jouaient. Je me souvins de ce qu'il m'avait décrit.

En fait, j'avais l'impression d'être déjà venue ici. L'enclos aux esclaves avec ses barreaux en fer rouillé, ces essaims de gardes noirs qui balançaient leurs fouets, je les avais vus de nombreuses fois.

Lorsqu'on nous débarqua sur une plate-forme et que je vis un cercle de visages blancs suant sous le soleil, je me demandai si mes camarades n'avaient pas raison après tout. Ces Blancs, les yeux levés vers moi, la bouche à moitié ouverte, étaient peut-être des cannibales, des mangeurs d'hommes.

Chapitre 5

Le capitaine Sorensen avait décidé de nous vendre ensemble, Konje, Dondo et moi. Lenta semblait triste, malheureuse. Encore choquée par l'atroce mort de son fils, elle fut mise à l'écart.

Sur l'estrade où mes deux compagnons et moi nous tenions, un homme abattait un petit marteau sur une pierre. C'était le vendeur aux enchères, l'homme dont Sorensen m'avait parlé.

— Voici trois esclaves parmi les trois cents que le *God's Adventure* a déchargés sur l'île aujourd'hui, déclara le vendeur aux éventuels acheteurs. Konje est chef de la tribu Barato.

Puis il posa une main sur l'épaule de mon fiancé qui tressaillit.

— Un formidable reproducteur de garçons et de filles, continua-t-il. Un magnifique spécimen !

Konje avait l'air magnifique, en effet. Nu jusqu'à la taille, les muscles frémissant sous le soleil ardent, il avait été oint d'huile de palme. Il dominait de sa haute taille les gardes noirs postés contre le mur ainsi que l'homme au marteau.

Puis, me pointant du doigt, il reprit :

— Raisha, fille de sous-chef. Saine, forte et future mère de nombreux enfants forts et en bonne santé. Elle parle aussi le danois. Et Dondo, esclave d'une famille de chef, sera un parfait serviteur de maison.

Passant une main sur ses sourcils, il abattit son marteau. Il le frappa encore pour obtenir le silence de la foule.

— Ces trois individus, le meilleur de ce que l'Afrique peut offrir, seront vendus en un seul lot, annonça-t-il. Les enchères inférieures à deux mille rigsdalers* ne seront pas prises en compte. Qu'est-ce que j'entends ?

Il entendait le silence puis quelques murmures parmi la foule des planteurs. Debout

* Rigsdaler : ancienne monnaie danoise. (*N.d.T.*)

juste en dessous de moi, un homme s'adressait à sa femme, vêtue d'une robe rose et une fleur piquée dans les cheveux :

— Qu'en penses-tu, Jenna ?

— C'est une bonne affaire à trois mille rigsdalers, répondit-elle. L'homme à lui tout seul vaut plus que cela.

— Il est trop puissant, rétorqua l'homme. Il faudra une main de fer pour le maîtriser.

— Mais tu as une main de fer, Jost…

Dans la foule, quelqu'un proposa deux mille quatre cents rigsdalers. Le vendeur répéta l'offre et assena un coup de marteau sur la pierre.

— J'aime bien la fille aussi, dit la dénommée Jenna. Elle a un joli sourire.

C'était précisément le sourire que j'avais appris sur le *God's Adventure*. On aurait dit que je venais de recevoir un cadeau que j'attendais depuis longtemps. À force de sourire, j'avais mal au visage, j'avais envie de pousser un hurlement à faire dresser les cheveux sur la tête. Les yeux bleus de maître Jost, pénétrants et bleus comme le ciel, me toisèrent de la tête aux pieds.

Les offres commencèrent à affluer rapidement, mais de quelques rigsdalers de plus à chaque fois.

— Ne sois pas pingre, Jost ! Le soleil est brûlant, on ne va pas y passer la journée. Philippe Horn, lui aussi, veut ces esclaves. Débarrasse-toi de lui en faisant une offre qu'il ne pourra égaler.

Jost s'éclaircit la gorge et, les mains en porte-voix, cria :

— Trois mille rigsdalers !

La foule se tut. Les hommes aux grands chapeaux de paille, les propriétaires de plantation me semblait-il, se regardèrent les uns les autres puis secouèrent la tête.

— Trois mille rigsdalers, répéta le vendeur aux enchères. Qui ira jusqu'à trois mille cent ?

Un silence tomba. Maître Jost Van Prok leva son chapeau puis le reposa sur la tête. Il semblait prêt à renchérir.

— Trois mille..., continua le vendeur en fixant chacun des planteurs du haut de son estrade.

— Messieurs, qu'est-ce que j'entends... ?

Aucune offre supérieure ne se présentant, il abattit très fort son marteau.

— Lot adjugé et vendu à maître Van Prok du domaine de Hawks Nest pour la somme de trois mille rigsdalers !

Dès qu'il eut terminé de parler, un Noir surgit de l'ombre et grimpa à l'échelle de l'estrade. Grand mais voûté par quelque malheureux accident, le Noir se balançait d'un côté l'autre à la manière d'un crabe.

— Venez, nous ordonna-t-il. Je vais vous conduire en bateau jusqu'à Hawks Nest, sur l'île Saint John. Elle n'est qu'à quatre milles d'ici. Par cette belle journée ensoleillée, le voyage sera agréable.

Le Noir nous fit doubler l'enclos qui retenait prisonniers le reste des esclaves du *God's Adventure*. Si noirs fussent-ils, ils ressemblaient à des fantômes enveloppés d'un silence spectral. Mon cœur allait vers eux.

— Comment t'appelles-tu? demanda Konje à notre guide.

— Néron.

— Quel travail fais-tu à Hawks Nest?

— Je suis le bomba*, Bomba Néron. Je veille à la bonne marche de la plantation. Vous pouvez également m'appeler Sir Bomba.

Néron répondait de mauvaise grâce, entrouvrant à peine les lèvres. Konje crispait les mâchoires face à son arrogance, à son regard froid et hautain.

* Bomba : contremaître. (*N.d.T.*)

Le bomba mena Konje dans une cabane, près du quai. Deux Noirs entravèrent alors les mains de mon fiancé puis sortirent un fer rouge du feu. Lorsqu'ils le marquèrent d'un numéro dans le dos, Konje ne poussa pas un cri. Dondo subit le même traitement.

Nous attendîmes Jost Van Prok et son épouse sur le quai. Je les vis arriver avec deux garçons « bons à faire les courses », expliqua Van Prok à Néron lorsque ce dernier lança un regard hargneux aux deux enfants.

— J'ai deux domestiques, gazouilla Jenna Van Prok. Tu seras ma troisième servante – ça te plaira, j'en suis sûre.

— Oh, oui ! affirmai-je.

En effet, c'était une tâche – celle qui ferait de moi une domestique – à laquelle je m'étais préparée, depuis le jour où Sorensen m'avait parlé de la pénébilité des travaux des champs, sous le soleil ou la tempête. J'avais appris à être docile, à ne rien dire à moins qu'on ne me questionnât, à sourire même si cela me faisait mal.

Saint John, une île splendide posée sur une eau bleu pâle, se trouvait à quelques milles de

Saint Thomas. Au crépuscule, notre bateau atteignit Hawks Nest, la plantation des Van Prok. Dès que l'embarcation fut amarrée dans les eaux peu profondes, nous marchâmes en direction de la plage, excepté Jenna Van Prok. Konje la porta sur ses larges épaules jusqu'au rivage. Tandis qu'il se baissait pour la déposer, Néron lui jeta un drôle de regard. Un mouvement de paupières haineux.

J'appris à l'épouse du maître que Lenta, mon amie, était une excellente cuisinière qui pouvait être utile à la maison.

— J'ai enchéri pour elle, mais les frères Haugaard ont eu le dernier mot, répondit-elle. Ils possèdent une plantation près de Mary Point. C'est tout proche, tu reverras ton amie.

Elle me regarda, les yeux protégés par le bord de son chapeau rose.

— Tu as un très joli sourire, on dirait un ange, me dit-elle. Je vais t'appeler Angelica. Ça te plaît ?

— Oh, oui ! répondis-je, bien que je détestasse ce nom.

Les Van Prok nous baptisèrent tous d'un autre nom. La maîtresse nomma Konje Apollon ; son mari choisit Abraham pour Dondo. C'était une coutume, appris-je. Les planteurs désiraient que les esclaves oublient l'Afrique, leur terre natale, oublient qu'ils étaient des Noirs africains.

— Comprends-tu ce que je dis? me demanda Jenna Van Prok. Comprends-tu le danois?

— Oui, quand vous parlez lentement.

Chapitre 6

Sur cette île montagneuse regroupant plusieurs plantations, le domaine de Hawks Nest, ouvert sur la mer, était d'une importance moyenne. Cependant, la moitié de ses terres planes se révélaient bonnes pour la culture de la canne à sucre.

Le reste de la plantation se résumait à des ravins broussailleux, des ravines et des plateaux rocailleux. À ces endroits-là, maître Van Prok avait fait défricher puis terrasser les terrains pour cultiver le coton.

Posée sur une petite falaise à portée du bruit des vagues, la maison en pierre et en grosses poutres des propriétaires donnait l'impression d'un fortin.

À quelque distance du bâtiment, ils avaient établi les huttes des esclaves près d'un amas de rochers – les hommes vivant d'un côté, les femmes de l'autre. Les latrines trônaient au milieu de ces caillasses, assez loin de la grande maison pour ne pas incommoder les Van Prok.

Ma hutte, comme toutes les autres, avait des murs en pierre et un toit en feuilles de palmier. Le flanc ouvert sur la mer était agréable la nuit lorsque, parfois, des vents frais soufflaient de cette direction.

La première nuit que je passai dans ma hutte, les esclaves m'apprirent qu'une terrible sécheresse avait frappé l'île, un an auparavant. Tous les jours, de grands nuages surgissaient à l'aube, envahissaient le ciel qui s'obscurcissait mais pas une goutte de pluie ne tombait.

C'est exactement ce qui arriva cette première nuit. Troublée par un petit vent frais, l'aube fut claire et les nuages blancs apparurent. De grosses masses nuageuses s'étendirent puis noircirent. Mais aucune averse ne vint rafraîchir la terre. Pendant la nuit, les nuages disparurent puis les cieux s'enflammèrent d'étoiles.

Avant que je n'aille me coucher, Jenna Van Prok m'avait murmuré :

— Mon époux a demandé au bomba Néron

de t'envoyer aux champs, demain. Il fait ça avec tous les nouveaux esclaves, il aime les tester. Mais ne désespère pas, Angelica, dans une semaine, je te ferai travailler à la maison.

Un peu avant l'aube, le bomba remonta le sentier en soufflant dans une corne et en abattait son bâton de fer et de bois sur tout ce qui se trouvait devant lui. Les coqs aussi s'éveillèrent.

— Dehors ! hurlait-il. On n'est pas dimanche, mais un mercredi du mois d'avril. Vous n'êtes pas en Afrique ici, à rêver d'un petit déjeuner de melons et de volailles rôties ! Vous êtes sur la plantation de maître Van Prok, à Saint John, dans les Antilles danoises, aux îles Vierges. Allez, dehors !

Nous, les quinze esclaves, nous dirigeâmes vers le flanc d'une colline, dans un ravin broussailleux. Quant à Konje, le maître l'envoya travailler à la distillerie de rhum. Avant la sécheresse et à cette époque de l'année, m'avait-on expliqué, le coton poussait dans le ravin et des fleurs roses tapissaient les buissons. À présent, tout était brûlé, sec. À l'aide de longs couteaux, nous devions couper les buissons et retourner la terre.

En milieu de matinée, des garçons nous apportèrent une poignée de poissons séchés de la taille d'un doigt et des pois chiches ratatinés. Mais pas une goutte d'eau à boire. Déjà, le soleil frappait fort. Il brûlait plus encore qu'à Barato.

À midi, nous nous reposâmes un moment. Habituellement, les esclaves profitaient de cette pause pour travailler leur lopin de terre et cultiver des légumes destinés à leur propre consommation. Mais ils ne pouvaient que gratter une terre brûlée ou prier à genoux pour qu'il plût.

Après le coucher du soleil, bomba Néron revint et déclara que nous n'avions pas fait grand-chose aujourd'hui, que nous ne méritions même pas les poissons séchés qu'on nous donnait.

Après trois journées passées dans les champs, j'appris qu'on mangeait bien mieux chez les Van Prok. Craignant que la chaleur et le travail ne m'anéantissent, maîtresse Jenna fit en sorte que son mari revienne sur sa décision de me faire travailler une semaine dans les champs.

Une fois dans la maison des maîtres, je devins une des trois domestiques personnelles de Jenna Van Prok, comme elle l'avait promis. Avec

Amina, une esclave qu'elle possédait depuis des années, je veillais sur notre maîtresse du crépuscule jusqu'à minuit puis je dévorais les restes des Van Prok.

On mangeait du porc salé de Hollande, du mouton salé de Nouvelle-Angleterre et du pain cuit à Saint Thomas. Parfois, je trouvais dans le pain des charançons que j'ôtais rapidement avant que maîtresse Jenna ne fût servie.

Son époux, un jour, se plaignit de cette mauvaise nourriture.

— Ils nous vendent la viande refusée sur le marché, gronda-t-il. Une viande si dure qu'on ne peut mordre dedans. Et le sel ! On doit avaler un tonnelet d'eau pour étancher sa soif, et Dieu sait qu'il n'y a pas beaucoup d'eau dans la plantation en ce moment.

En effet, l'eau potable destinée aux esclaves et aux maîtres était épuisée après le second repas de la journée. Ne restait que l'eau nécessaire aux mules qui faisaient tourner les meules broyant les cannes à sucre et produisant la mélasse et le rhum.

Les trois domestiques personnelles de maîtresse Jenna devaient travailler à la distillerie cinq heures par jour, tout comme les trois serviteurs de Jost Van Prok qui hissaient l'eau sur la colline. Parmi ces derniers, je reconnus Dondo. Il avait travaillé dans les champs des jours durant jusqu'à ce que maîtresse Van Prok découvrît qu'il était doué pour la coiffure. Il fut alors attaché à la maison.

Depuis notre arrivée sur l'île, Konje transportait des masses d'eau, de la mer jusqu'à la colline, pour alimenter la distillerie. Il pouvait porter deux fois plus d'eau que n'importe quel autre esclave, et cela au pas de course. Konje posait un fût sur la tête et grimpait la colline escarpée très rapidement.

Ayant eu vent du nouveau nom de mon fiancé, bomba Néron lui lança, un jour que je travaillais à la distillerie :

— Apollon, tu es une merveille. Moi aussi, en mon temps, j'étais une merveille. Mais regarde ce que le marteau a fait de moi !

Puis, souriant, il frappa le sol de son bâton. Il menaçait ainsi Konje pour chasser son arrogance.

Un des esclaves me raconta que le bomba avait été un véritable géant autrefois. Un jour, Néron avait tenté de s'échapper. Lorsqu'on l'avait repris, on lui avait brisé les os à coups de marteau au lieu de lui couper une jambe, comme le voulait la loi. Puis on avait essayé de remettre les os en place, en vain. Bizarrement, après cette terrifiante punition, Néron se mit à aimer les Blancs et à haïr les esclaves.

Konje avait deviné ce que bomba Néron tentait de faire. Lorsque je lui expliquai qu'il était en train de se tuer lui-même au travail, Konje ne put que serrer les poings.

Chapitre 7

Quelque temps plus tard, l'après-midi touchant à sa fin, tandis qu'à la distillerie on continuait à traiter le stock de canne à sucre vieux de quelques mois et que Konje transportait plus que jamais des fûts d'eau de mer, un bateau pénétra dans la baie de Hawks Nest. Un coup de canon explosa, le son du cor retentit, puis un pavillon fut hissé au sommet du mât.

Allongé dans son hamac, Jost Van Prok fut réveillé en sursaut. Quant à moi, je venais de quitter son épouse que j'avais coiffée, bouclant trois petites mèches retombant sur son front.

Maître Van Prok bondit et courut vers la fenêtre donnant sur la baie.

— Les Espagnols ! hurla-t-il. Les rejetons du

diable, les voleurs de Puerto Rico ! Que demanderont-ils pour leur eau cette fois ? L'an dernier, ils exigeaient deux rigsdalers pour un baquet ; aujourd'hui, ils doubleront le tarif, vous pouvez me croire !

Maîtresse Jenna rejoignit son mari.

— Quelle chance ! gazouilla-t-elle. Peu importe le prix. Désormais, nous pourrons cultiver un jardin, engraisser quelques moutons. Nous pourrons enfin manger de la viande fraîche.

Jenna Van Prok ne se sentait plus de joie. Une vague d'excitation envahit la plantation : les esclaves avaient l'espoir d'entretenir un petit potager. Tout le monde exultait sauf Jost Van Prok, qui devait délier sa bourse.

Les Espagnols cédèrent le baquet à trois rigsdalers – un baquet équivalant à ce qu'un esclave pouvait porter sur la tête. Les baquets étant tous de même taille, un homme de faible constitution pouvait porter ce récipient rempli au tiers, un homme corpulent, un baquet rempli aux deux tiers.

C'est ainsi que Konje devint l'esclave le plus important de la plantation. Il avait la force de transporter un baquet plein à ras bord jusqu'à la remise, sur la colline, sans en renverser une goutte.

Les performances de Konje mécontentèrent nettement le capitaine espagnol. Lorsque maître Van Prok fixa le nombre des porteurs à quatre – Konje et trois autres esclaves –, le vendeur d'eau menaça de repartir si on ne lui donnait pas six rigsdalers pour le baquet.

Furieux, Jost Van Prok paya en murmurant entre les dents :

— Voleurs ! Coupe-jarrets d'Espagnols !

Malgré la colère du maître, l'eau avait ranimé la plantation. La remise résonnait de rires, les esclaves chantaient.

Entreposés dans la remise, les nombreux tonneaux qui récoltaient l'eau de pluie étaient à l'abandon. Les deux charpentiers les réparèrent la journée durant et toute la nuit, à la lueur des torches. Des dizaines de tonneaux contenaient encore de l'eau mais, souillés de larves de vers et de moustiques, ils devaient être lavés.

Son bâton à la main, bomba Néron entra et adressa un sourire à tout le monde, sauf à Konje.

Le jour déclinait et Konje peinait depuis l'aube. Alors que je quittais les cuisines, situées à l'écart de la maison, pour apporter le dîner à maîtresse Jenna, je rencontrai mon fiancé dans la cour. Traînant les pieds, titubant, il portait un baquet en renversant un peu d'eau.

Lorsqu'il vida le tonneau puis sortit de la remise, je le fis asseoir et lui offris un morceau de mouton. Il le refusa, puis but à la tasse de Jenna un peu de rhum qu'il recracha aussitôt.

Le bomba, qui nous épiait dans l'ombre, nous rejoignit en boitant. Il baissa les yeux sur Konje étendu par terre.

— Tu n'as pas le droit de boire le rhum de maîtresse Jenna, fit-il. Tu n'as pas le droit de toucher la tasse qu'elle utilise. Compris ?

Konje resta muet. Ne pas répondre était une insulte, mais Néron abandonna lorsqu'il vit Konje se lever.

Nous attendîmes que le contremaître regagnât la maison. Il allait probablement raconter aux Van Prok ce qui était arrivé.

— J'ai remarqué que la distillerie tourne encore, murmura Konje. Il y a du feu sous les marmites, et l'une d'elles est remplie de cassonade.

La cassonade était le grossier sucre jaune en dépôt dans la première grosse marmite tandis que commençait le processus de distillation de la canne à sucre.

— Quand j'aurai fini de trimer ce soir, je mettrai le bomba dans la marmite de cassonade. Ça fera un merveilleux mélange, tu ne crois pas?

— Ne fais pas ça, ils te couperont en petits morceaux, Konje! De plus, Néron est un homme malade. Tu peux supporter ses insultes – nous le pouvons tous les deux!

— Pendant combien de temps encore?

— Jusqu'à ce que nous trouvions le moyen de nous échapper.

— Je l'ai déjà trouvé, Raisha. Des marins du navire espagnol m'ont dit que des fugitifs se cachaient à Mary Point. Ils ne savent pas combien ils sont exactement – dix ou douze peut-être. Mary Point est, sur trois flancs, entouré de falaises à pic. Le quatrième est un mur de cactus si épais qu'un serpent aurait du mal à le franchir.

— Mais alors, comment feras-tu pour le traverser?

— Je trouverai la solution. Les fugitifs l'ont bien trouvée.

— Et moi? Que ferai-je?

— Tu resteras ici, à la plantation, jusqu'à ce que je vienne te chercher.

— Dans un an ?

— Non, avant.

— Je mourrai d'ici là.

— Tu ne mourras pas, Raisha. Tu seras bel et bien vivante et je reviendrai.

— Quand pars-tu ?

— Ce soir.

Konje me souleva de terre et m'embrassa.

Puis il posa le tonneau vide sur sa tête et descendit le sentier. Je ne bougeai pas jusqu'à ce que s'évanouît le bruit de ses pas.

Chapitre 8

Au moment où le gros tambour commençait à se faire entendre depuis Mary Point, les grains du sablier terminaient calmement leur course. Retournant l'instrument, j'observai le sable s'écouler à nouveau. Jost Van Prok était très exigeant quant à l'exactitude des heures entre l'aube et le crépuscule – les heures de terreur.

Trois mois déjà s'étaient écoulés, et la nouvelle se propageant d'ouest en est prétendait que les esclaves fugitifs avaient établi un camp. Depuis plusieurs nuits, le même écho persistait. Les battements du gros tambour de Mary Point étaient de plus en plus puissants. C'était bien ce que Jost Van Prok craignait le plus.

Après avoir retourné le sablier, j'allai réconforter maîtresse Jenna. Bien que minuscules, les cruelles simulies* vous mordaient férocement. Et les moustiques grouillaient, bien qu'aucune goutte de pluie ne fût tombée. Les douze heures de mon travail consistaient en majeure partie à agiter un éventail en feuille de palmier.

Étendu dans son hamac auquel il imprimait un léger mouvement de balancement, les jambes pendant de part et d'autre, Jost Van Prok cherchait le sommeil après un dîner d'ignames et d'anguilles de mer, quand le tambour tonna. Posant les pieds par terre, le maître se redressa. Robuste, aussi épais que large, Jost Van Prok avait de longs bras, des poings noueux. Les yeux bleus, froids, il scruta la nuit à travers la porte ouverte, son fouet posé sous le hamac.

— Les fugitifs s'amusent bien, commenta Jenna Van Prok. Mais ils reviendront en courant lorsque la nourriture s'épuisera.

— La nôtre disparaîtra d'abord ! rétorqua Jost. Ils se servent dans nos champs et les esclaves leur donnent de la nourriture en cachette.

— Tu t'inquiètes trop de ces fugitifs. Pourquoi ne pas vous armer, les voisins et toi, et les balayer une fois pour toutes ?

* Simulie : insecte proche du moustique, très dangereux pour le bétail. (*N.d.T.*)

— Parce que cela réclamerait dix fois plus d'hommes que nous ne pourrions en rassembler, répondit son époux. De toute façon, les fugitifs ne combattront pas ; ils fileront quelque part, et nous ne pourrons jamais les retrouver. Les esclaves venus directement d'Afrique sont différents de ceux qui sont nés ici, dans les îles. Ils préféreront mettre fin à leur vie plutôt que se rendre. S'ils se suicident, leur esprit retourne en Afrique et se réincarne dans un corps noble – c'est ce que j'ai entendu dire, en tout cas.

— Quelle stupidité ! cracha Jenna.

— Seules des lois sévères pourront venir à bout de ces fugitifs. Nous avons été trop gentils avec eux.

Derrière le hamac, Dondo agitait un éventail quand, aux mots « trop gentils », il s'immobilisa dans l'air étouffant.

S'adressant à Dondo, maître Van Prok demanda :

— Abraham, que disent les tambours ?

— Je ne les comprends pas, répondit Dondo.

— Angelica, reprit le maître, se tournant vers moi. Tu es ici depuis quelques mois maintenant, tu as entendu les tambours parler. Que disent-ils ?

Je savais décoder les sons des tambours, je

les comprenais. Les fugitifs fomentaient une révolte contre les planteurs, contre les Blancs de l'île Saint John. Ils se préparaient, stockaient des armes à feu, des couteaux, de la nourriture. La préparation durerait des mois. Ils ne seraient pas prêts au combat avant le mois de novembre.

— Que disent-ils ? répéta le maître, en me pointant du doigt.

— Je ne connais rien aux tambours, monsieur.

— Tu dois les comprendre, et surtout le gros tambour de Mary Point. L'homme auquel tu penses jour et nuit, Apollon, l'homme auquel tu penses à cet instant même, alors que tu fais ton innocente, est celui qui dicte les messages.

Maîtresse Jenna cessa de savourer l'air que je remuais.

— Oublie les tambours, Jost. Pourquoi ne pas demander au gouverneur de faire défiler son armée ? Une magnifique parade qui impressionnerait les nouveaux esclaves, comme les anciens d'ailleurs.

— Une armée ? Le gouverneur n'a pas d'armée, fit-il.

Comme le chat courait et traquait le gecko de la maison, le long lézard luisant perché sur l'étagère longeant tout un mur de la pièce, on m'ordonna d'expulser le félin. Lorsque je parvins à l'attraper, ma journée de travail touchait presque à sa fin.

J'aidai maîtresse Jenna à enfiler sa chemise de nuit puis lui servis une tasse de rhum *Kill Devil** – l'alcool issu de la première distillation de la canne à sucre. Brut et assez fort, il pouvait tuer le diable en personne, disait-on. Avant que les tambours ne se mettent à tant parler, maîtresse Jenna avait pour habitude de boire du *Kjeltum*, un rhum bien plus doux, le dernier jus distillé.

Elle prenait le *Kill Devil* dans une tasse décorée de petits cupidons peints. Ce soir-là, elle avala deux tasses de rhum. Puis elle fouilla dans son armoire et sortit une robe qu'elle avait depuis longtemps délaissée. Maîtresse Jenna me tendit le vêtement bien trop grand pour moi. Je l'enfilai par-dessus ma tunique en coton.

Se redressant de son hamac, Jost Van Prok déclara qu'il me trouvait bien plus jolie dans ma tunique de coton que dans cette robe. Cette remarque parut déplaire à maîtresse Jenna.

* *Kill Devil* : « Tue le diable ».

Chapitre 9

« Je ne chercherai pas à voir Konje, ce soir », me répétais-je depuis le crépuscule, alors que je servais maîtresse Jenna.

Je me le redis une fois de plus tout en montant le sentier pour gagner ma hutte.

J'avais revu mon fiancé quatre nuits auparavant. Long de quatre miles aller-retour, le dangereux chemin menant au camp de Mary Point était semé de ravins escarpés et de fossés rocailleux. Des semaines pouvaient s'écouler avant le retour de Konje. Ainsi je préférais accepter de ne pas le revoir maintenant plutôt que de l'attendre en vain.

Alors qu'une demi-lune brillait à l'ouest, je

doublai le mimosa, notre point de rencontre secret, sans même regarder le petit arbre.

Les tambours résonnaient, des vagues se brisaient sur les rochers en contrebas, des voix s'échappaient des huttes des esclaves quand, soudain, j'entendis un léger bruit de pas. Un esprit, peut-être, me suivait. Je ne me retournai pas et accélérai le pas.

Le vent de la nuit qui soufflait derrière moi transporta mon nom jusqu'à mes oreilles. Le phénomène se répéta deux fois avant que je ne m'arrête.

Il était là. Grand, rayonnant dans le clair de lune, sous le mimosa. Mon cœur devint oiseau. Il battait dans ma poitrine.

— Tu es passée devant le mimosa sans même y jeter un coup d'œil, me dit-il.

— J'avais peur de regarder, j'avais peur que tu ne sois pas là, m'empressai-je de répondre d'une petite voix.

Konje caressa la manche de ma robe.

— Lorsque je t'ai aperçue, j'ai eu peur de te parler. Je ne t'avais jamais vue dans cette robe, je ne savais pas que c'était toi. Où l'as-tu trouvée?

— Jenna Van Prok me l'a donnée.

— Tiens, un autre cadeau.

Et il brandit un collier de pierres bleues, celles que la mer polit et rejette sur la plage. Konje le passa autour de mon cou, me souleva puis m'étreignit comme un nuage de tempête.

Lorsqu'il me reposa par terre, je lui murmurai :

— Tu avais promis de m'emmener avec toi lorsque tu reviendrais...

— La nourriture se fait rare au camp et nous sommes nombreux. Dans un mois, la situation sera différente ; je reviendrai te chercher d'ici là, Raisha.

— C'est trop long !

— Je serai peut-être là plus tôt, m'assura-t-il. Nous avons appris que le gouverneur est en route pour Hawks Nest. Il arrive demain et séjournera quelques jours pour discuter avec les planteurs et observer la situation. Il apporte avec lui de la poudre et des balles pour le fort, comme la dernière fois. Dis à Dondo que nous avons besoin de ces deux choses, dis-lui de voler tout ce qu'il peut et de cacher le matériel ici, derrière les cactus.

— Je lui transmettrai ton message demain matin, Konje.

Les tambours s'étaient tus à Mary Point et les vagues ne se jetaient plus à l'assaut de la plage, en bas. Dans le silence qui régnait, je perçus un bruit que j'avais souvent entendu.

Jost Van Prok et son fouet.

Le maître remontait le sentier vers les huttes. Depuis que des fugitifs avaient trouvé asile à Mary Point, chaque nuit, il se livrait à une ronde pour décourager les éventuels esclaves qui auraient eu la tentation de les rejoindre.

Longue tresse en peau de chèvre, l'instrument de torture portait à son extrémité un morceau de métal. Van Prok pouvait, à vingt pieds, abattre un oiseau perché sur une branche. Le fouet claquait comme un coup de pistolet.

Comme les claquements se rapprochaient, Konje me souleva pour me serrer dans ses bras puis me reposa.

— N'oublie pas de transmettre mon message à Dondo, chuchota-t-il.

Puis, très vite, il disparut.

Regagnant ma hutte, j'ôtai la robe puis m'allongeai sur la natte. Jost Van Prok continuait à rôder autour des huttes en faisant cingler son fouet.

Un peu avant l'aube, vers quatre heures, alors que les esclaves partaient aux champs, je cachai le collier sous ma natte puis enfilai rapidement ma robe. Craignant de manquer Dondo, je courus à la maison des maîtres afin de lui transmettre le message de Konje.

Le soleil se levait au sommet de la colline. Maître Van Prok, complètement nu, sortit des toilettes en plein air et s'étira. Après quoi, il se pencha en avant afin que Dondo le frotte à l'aide d'une brosse en crin de cheval.

J'attendis que maître Van Prok partît pour la distillerie où les mules faisaient tourner les meules de pierre broyant la canne à sucre. Dès qu'il eut disparu, je transmis le message à Dondo.

Ce dernier secoua la tête.

— J'ai volé de la poudre lorsque le gouverneur est venu ici il y a deux mois, tu t'en souviens ?

— Oui, répondis-je. Tu as même failli te faire prendre.

— En effet... j'avais un sac plein de poudre, la quantité maximale que je pouvais porter, et je l'avais caché dans la grotte, au pied de la colline. Les gardes ont fouillé la maison puis la plage. Ils étaient sur le point de visiter la grotte quand la marée s'est mise à monter. Elle les a certes empêchés d'entrer mais l'eau a trempé la poudre. Depuis, Van Prok cache sa réserve dans l'armoire, près de son hamac. Parfois, quand je l'évente alors qu'il dort, j'ai envie de mettre le feu à l'armoire.

— Tu te tuerais aussi, lui rétorquai-je. Et moi avec.

— Je ne le ferai pas tant quand tu seras dans les parages.

— Merci, Dondo.

— J'aurai la poudre pour Konje.

— Il veut que tu sois prudent, Dondo.

— J'aurai la poudre. Et je ferai attention.

Chapitre 10

Alors que Dondo et moi parlions, le navire du gouverneur Gardelin apparut sur les eaux bleues, à mi-distance de Saint Thomas et de Saint John. Quittant le moulin à sucre, maître Van Prok se précipita vers le fort – une bâtisse en pierre couverte d'un toit de chaume et armée d'un canon.

Van Prok tira un petit coup de canon. Trois puissantes détonations lui répondirent.

— Les violents coups de canon signifient que le gouverneur est très en colère et qu'il a un gros chargement de poudre, m'expliqua Dondo.

— Le gouverneur est toujours en colère, précisai-je.

Le navire pénétra dans la baie, jeta l'ancre,

puis deux hommes rejoignirent la plage en barque. J'entendis maîtresse Jenna faire les présentations. Le premier, le gouverneur, fit le reste du chemin sur les épaules d'un esclave. Le second, le pasteur Isaak Gronnewold, refusa d'être porté sur le dos des Noirs. Il sauta à l'eau, mouillant du même coup son pantalon.

Puis je vis un canot se détacher du navire pour venir s'échouer sur la plage. Il regorgeait d'une cargaison de nourriture que des esclaves hissèrent sur leur tête et transportèrent jusqu'à la resserre de la cuisine.

Ils débarquèrent des choux aux épaisses feuilles, des paquets d'herbes à faire pousser, du sorgho, des gombos, des douces racines de taro, des pommes sucrées, un panier de poissons – pas les ridicules petits poissons qu'on nous donnait aux repas, mais de gros poissons des eaux profondes –, de la viande rouge, des tonnelets de bière…

Et pour finir, trois sacs très lourds marqués d'un X. Les esclaves haletaient sous leur poids.

— La poudre…, murmura Dondo.

Nous regardions nos camarades transporter le chargement de nourriture jusqu'à la resserre de la cuisine, et les sacs de poudre dans la maison.

— Ils vont la ranger dans l'armoire, près du hamac de Van Prok, continua Dondo.

— Sois prudent, le prévins-je.

J'entendis des rires dans la maison ; cherchant un peu de fraîcheur, le gouverneur et le révérend s'assirent devant la porte ouverte faisant face à l'océan.

Philip Gardelin avait remonté son pantalon pour s'aérer les jambes. Gouverneur des Antilles et de la Compagnie de Guinée, à la tête de tout ce que les planteurs faisaient ou pensaient faire, Gardelin m'effrayait. J'avais peur de me retrouver dans la même maison que lui.

Le gouverneur conversait avec Isaak Gronnewold, un grand jeune homme à la peau noircie par le soleil.

— J'ai remarqué que vous aviez emporté votre bible, bien que cela soit contraire à la loi, fit Gardelin. Vous l'emportez partout avec vous, prêchez la Bible aux esclaves, et je vous permets d'agir ainsi. Mais cela n'a aucune incidence puisque les esclaves sont plongés dans les ténèbres de l'ignorance.

— Je ne prêche la Bible que depuis deux ans, rétorqua le pasteur. D'autres ont prêché pendant des siècles. Et la plupart d'entre nous –

nous tous – sommes encore plongés dans les ténèbres de l'ignorance.

— Mais pourquoi tant de maladies sévissent-elles à Saint John? demanda le gouverneur, changeant de sujet. À Saint Thomas, nous n'avons rien de tout cela. Si cela devait continuer, il ne resterait pas un esclave...

— Cette situation persistera tant qu'on ne donnera pas une nourriture saine aux esclaves, répliqua le pasteur. Notez qu'aucun planteur n'est jamais mort de faim.

Jost Van Prok ramassa le fouet sous sa chaise et le posa sur ses genoux.

— Mes esclaves mangent aussi bien que moi! se rebiffa-t-il. Suis-je à blâmer si la sécheresse et les ouragans ont détruit leurs potagers? Est-ce ma faute si les esclaves ont oublié ce qu'est le travail – si tant est qu'ils l'aient jamais su? Et comment pourrais-je les empêcher de fuir alors que la campagne est infestée de fugitifs, alors que les tambours parlent toutes les nuits?

Le gouverneur allait répondre quand maîtresse Jenna m'appela pour l'aider à prendre son bain. Elle aurait pu descendre jusqu'à la plage et se baigner dans la mer, mais elle détestait le sel sur sa peau. Elle préférait l'eau de mer qu'on ramenait par la colline et dont on avait ôté le sel par ébullition.

Après l'avoir baignée puis habillée, je suivis maîtresse Jenna qui rejoignit les hommes. Le thème de la discussion avait changé.

Plus un mot sur les épidémies, la famine, la mort. Gardelin faisait la conversation à lui tout seul. Il parlait de la douce vie au Danemark, comment il espérait, un jour, apporter ce même bonheur de vivre aux îles Vierges.

En entendant ces propos, maîtresse Jenna sourit puis but une autre tasse de *Kill Devil*. Chaque jour, elle buvait toujours plus de ce rhum fort et puissant.

Chapitre 11

Le soleil était à son zénith quand six planteurs des environs et leurs serviteurs arrivèrent à dos de cheval. La journée étant très chaude, on ouvrit un tonnelet de bière et les Blancs portèrent un toast en l'honneur du gouverneur puis à leur santé.

De délicieuses odeurs s'échappaient de la cuisine. J'aidai à dresser la table et à apporter les plats. Les convives avaient beaucoup trop faim pour écouter le gouverneur qui continuait à parler des jours heureux au Danemark.

Avant la fin du repas, Jost Van Prok envoya Dondo porter un message aux esclaves qui travaillaient dans les champs. Mes compagnons d'infortune n'avaient pas encore mangé. Le message du maître les invitait à la cuisine où un cochon rôtissait.

Les esclaves arrivèrent par petits groupes et se rassemblèrent autour des feux. On leur offrit des tranches de porc rôti puis on les renvoya en leur donnant quartier libre pour le reste de l'après-midi. Les esclaves remercièrent le gouverneur et partirent en chantant.

Au crépuscule, maître Van Prok les rappela à la cuisine. Les esclaves se rassemblèrent au même endroit, pensant se régaler d'une autre ration de porc. Je comptai douze hommes, neuf femmes et neuf enfants. Trois hommes avaient fui.

Les six planteurs sortirent de la maison et s'assirent sur le muret de pierre, devant la cuisine. Leurs serviteurs se placèrent derrière eux. Isaak Gronnewold apparut, bible en main, suivi du gouverneur et de Jost Van Prok. Maîtresse Jenna, qui avait avalé deux tasses de *Kill Devil*, s'était endormie dans son fauteuil.

Il faisait nuit à présent. Des esclaves munis de torches se postèrent de part et d'autre du gouverneur qui tenait une liasse de papiers.

— Apollon provoque des troubles à Mary Point, déclara Gardelin. Il fomente une révolte contre toutes les plantations de Saint John. Afin de lui adresser un avertissement et, solennellement, mettre en garde tout esclave tenté de le suivre, j'ai écrit de nouveaux textes de lois pour renforcer les anciennes lois civiles.

Au cœur de cette chaude nuit, pas un souffle d'air ne voulait descendre des collines ou monter de la mer. Tendant les papiers à son serviteur, le gouverneur fit une pause pour boire de la bière, puis l'esclave lui rendit la liasse de papiers. Finalement, les porteurs de torches se rapprochèrent de Gardelin afin qu'il y voie clair.

— Le meneur des fugitifs, lut-il, sera trois fois tenaillé au fer rouge puis pendu.

« Tout fugitif aura la jambe coupée ou, si le propriétaire lui pardonne, l'oreille coupée, et recevra cent cinquante coups de fouet.

Isaak Gronnewold l'interrompit.

— Si vous appliquez ces lois, Saint John sera l'île des estropiés, des moribonds, des morts...

Le gouverneur leva une main pour faire silence et continua :

— Tout esclave qui a vent de l'évasion d'autres esclaves et qui garde l'information sera marqué au front et recevra cent cinquante coups de fouet.

« En revanche, ceux qui informent les planteurs des éventuels complots recevront dix dollars pour chaque esclave engagé dans ce complot.

«Un esclave qui, dans sa fuite, restera absent huit jours sera puni de cent cinquante coups de fouet ; douze semaines, une jambe coupée, et six mois, la mort – à moins que le propriétaire lui pardonne en ne lui coupant que la jambe.

Ces cinq lois terrifiantes étaient nouvelles. Pas un de nous, ici rassemblés par cette horrible nuit, ne les avait entendues auparavant.

Le silence était grave, même les enfants s'étaient tus. Les tenailles rougies sur le feu, nous les connaissions. Maître Van Prok en avait pendu une paire dans le moulin à sucre afin que chacun les vît. Il y avait aussi le fouet qu'il emmenait partout avec lui. À l'homme le plus fort cent cinquante coups de fouet ôteraient la chair, la vie.

— L'esclave qui vole un objet d'une valeur de quatre dollars, reprit le gouverneur, sera tenaillé puis pendu ; à moins de quatre dollars, il sera marqué au fer rouge et recevra cent cinquante coups de fouet.

«L'esclave qui recèle des biens volés ou protège des fugitifs sera marqué au fer rouge puis recevra cent cinquante coups de fouet.

«L'esclave qui lève la main pour frapper un Blanc ou le menace sera tenaillé puis, si le Blanc l'exige, pendu. Dans le cas contraire, il aura la main droite coupée.

Le gouverneur s'arrêta à nouveau pour boire de la bière. Les planteurs parlaient à voix basse en se passant une chope de rhum *Kjeltum*.

— Un Blanc sera un témoin suffisant contre un esclave ; si un esclave est soupçonné d'un crime, on lui fera subir la torture.

Soudain, une femme se mit à pleurer. La torture était chose nouvelle sur l'île Saint John.

Les tambours du tout proche versant de la colline de Hawks Nest se mirent à parler. Ils ne répétaient que deux mots. Torture et mort. Au même instant, ils furent repris par ceux situés sur le versant le plus éloigné de la colline, ainsi que ceux du nord et de l'est.

À ces bruits, le gouverneur s'interrompit, but une autre gorgée de bière, puis s'essuya les moustaches du revers de la main.

— Aucun esclave n'est autorisé à venir en ville armé de bâtons ou de couteaux, ni à se battre, sous peine de recevoir cinquante coups de fouet.

« La sorcellerie sera punie par flagellation.

« L'esclave qui tente d'empoisonner son maître sera trois fois tenaillé au fer rouge, puis subira le supplice du chevalet.

Au-delà de la colline de Hawks Nest, la complainte des tambours continuait sans relâche. Torture. Mort. Puis le gros tambour de Konje à Mary Point reprit encore et encore les mêmes mots : « Torture… Mort… Torture… Mort… » Les tambours emplissaient la nuit de leur musique.

— Un nègre libre qui héberge un esclave ou un voleur perdra sa liberté ou sera banni.

« Danses, fêtes et jeux sont interdits, sauf si le maître ou le contremaître en ont donné la permission.

« Les esclaves ne vendront aucune provision d'aucune sorte sans l'autorisation de leur contremaître.

« Aucun esclave ne devra se trouver en ville après le couvre-feu, sous peine d'être emprisonné et flagellé.

« Le procureur du roi est désigné pour contrôler la mise en application de ce nouveau texte.

« Et moi, Philip Gardelin, procureur du roi, veillerai à ce que ces lois soient scrupuleusement exécutées. Que Dieu me vienne en aide !

Sur ces mots, il tendit les feuilles de papier à son serviteur, dégaina son épée du fourreau et la brandit au-dessus de sa tête. L'arme étincelait à la lueur des torches.

Chapitre 12

Les nouvelles lois réjouirent le maître. Dès que le gouverneur eut écarté son épée scintillante, Van Prok le saisit par les épaules, à tel point excité qu'il avait peine à parler.

— Nous avons tant prié pour la création de ces lois, souffla-t-il. Bien des prières sont exaucées ! Soyez béni, gouverneur Gardelin !

Maître Duurloo, propriétaire d'une grande plantation toute proche, s'exclama :

— Excellent travail, gouverneur !

En revanche, un planteur exprima ses doutes.

— Que se passera-t-il si l'un de mes esclaves, après avoir été puni, ne peut plus travailler ? Je ne possède que sept esclaves. Il serait dur, pour moi, de perdre ne serait-ce qu'un d'entre eux.

— Ne vous inquiétez pas, lui rétorqua Gardelin. Ma compagnie remboursera la totalité du prix d'un esclave s'il est estropié. Mieux : si vous le désirez, il sera remplacé par un esclave en bonne santé.

— Un esclave estropié contre un esclave sain ?

— Exactement.

— Quand ?

— Aussitôt qu'un navire livrera une nouvelle cargaison d'esclaves.

— Et si aucun navire n'accostait ?

— Vous attendrez l'arrivée d'un bateau, répliqua sèchement le gouverneur, agacé par le planteur de Cruz Bay. Préférez-vous conserver l'ancien système et voir vos esclaves disparaître les uns après les autres dans la nature ?

— Certes, non...

— Préférez-vous qu'une centaine de fugitifs, regroupés à Mary Point, nous tombent dessus à n'importe quel moment et nous tranchent la gorge ?

— Dieu nous en préserve !

Ainsi, le gouverneur coupa court aux interrogations du planteur de Cruz Bay.

Regagnant la maison, les confrères de Van Prok finirent le reste de bière et s'endormirent sous le porche. Le pasteur Gronnewold suspendit son hamac sous un arbre et le gouverneur Gardelin, accompagné de ses soldats, retourna au navire où il se sentait plus en sécurité.

Quant aux esclaves, ils rejoignirent leurs huttes sans un bruit, comme autant de fantômes nus.

Vers minuit, lorsque j'eus donné à maîtresse Jenna sa dernière tasse de *Kill Devil* et fini de la coucher, je vis mes compagnons qui murmuraient près d'un petit feu au milieu des rochers.

Tous les esclaves étaient présents, sauf Felicity – une jolie femme docile née esclave qui ne connaissait aucune autre condition. Âgée de vingt ans et mère de quatre enfants, Felicity n'aurait jamais eu l'idée de s'enfuir.

Les esclaves ne l'aimaient pas. Pour tout dire, ils ne m'aimaient pas non plus. Ils se méfiaient de moi parce que je travaillais dans la maison comme domestique. Pas un seul de mes compagnons d'infortune n'accordait sa fidélité aux Van Prok. À mon arrivée, ils cessèrent de discuter, si bien que je leur souhaitai bonne nuit et gagnai ma hutte.

Ivre, maître Van Prok arpentait le sentier, son fouet à la main. Lorsque le planteur passa près d'eux, les esclaves se turent.

S'immobilisant, le maître m'appela.

— Ça dort là-dedans?

Je ne répondis pas.

Il se faufila alors sous les branches tressées maintenant le toit.

— Angelica, tu m'entends? fit-il en bégayant.

Van Prok avait bu trop de rhum, trop de bière. Si j'avais été endormie, il m'aurait réveillée. C'est pourquoi je m'assis et lui dis :

— Je vous entends, maître.

— Bien. Je veux que tu saches que les nouvelles lois du gouverneur ne te concernent en rien. Elles visent uniquement les ingrats, les insensés, la racaille qui a oublié la chance qu'elle a. Tu comprends?

— Oui, dis-je en croisant les doigts pour transformer le oui en un mensonge.

— L'année a été pénible pour nous. L'ouragan a rasé les champs de canne, la terrible sécheresse nous tient encore sous sa coupe. Les misérables récoltes de canne à sucre donnent peu de rhum, notre gagne-pain. Et voilà que des fugitifs nous menacent d'une horrible révolte... Tu comprends à quel point nous sommes acculés, le dos au mur...

Je comprenais, en effet. L'espace d'un instant, je fus désolée pour Van Prok. Pour Van Prok et tous les planteurs de toutes les îles.

— Tu as lu la Bible de Gronnewold, continua-t-il. Tu sais que la loi « œil pour œil, dent pour dent » régissait les temps anciens. Elle était efficace jadis, elle le sera aussi aujourd'hui.

Jamais il ne m'avait parlé de la sorte auparavant.

— Nous avons tout essayé et échoué...

Je me sentis gagnée d'une audace telle que je n'en avais jamais connu depuis l'enclos à esclaves, au sortir du navire négrier.

— Vous avez tout essayé, sauf la liberté, rétorquai-je.

Van Prok se raidit. S'éclaircissant la gorge, il me répondit :

— La liberté viendra.

— Quand, monsieur?

— Lorsque les esclaves seront prêts.

— Ils le sont. Ils connaissent suffisamment les tenailles rougies à blanc, les coups de fouet, les marteaux qui brisent les os.

Pénétrant plus à l'intérieur de la hutte, il se tint au-dessus de moi.

— La liberté... ils ne savent pas ce qu'elle signifie. Et toi ?

— En Afrique, j'étais libre.

— En effet, mais pour quoi faire ? Dormir au soleil ? Manger de la viande de singe et danser ?

Soudain, le gros tambour parla à nouveau. *Boum di, boum di, boum...*

Écartant les bras, Van Prok se mit à danser au son de la musique.

— Dormir, manger, danser – voilà ce que tu sais de la liberté, comme les autres esclaves d'ailleurs, qui ont de la sciure de bois à la place du cerveau.

Hors d'haleine, il cessa de gesticuler pour se poster de nouveau juste au-dessus de moi.

— Tu sais quoi ? dit-il d'une voix rauque. Je vais te rendre la liberté. Demain, je signerai les papiers et les enverrai au bureau de Saint Thomas. Mais sache que tu es libre maintenant, immédiatement, à cet instant.

La peur me paralysa.

Maître Van Prok se pencha vers moi ; son ombre obscurcit la hutte.

— Tu es libre. Pourquoi ne pas te lever et danser de joie?

Je ne bougeai pas.

— Danse! hurla-t-il.

Incapable de faire un mouvement, je lui criai :

— Libérez les esclaves de cette plantation, et alors je danserai!

Il en eut le souffle coupé.

— Dieu du ciel! Libérer les esclaves? Tu veux ma ruine?

— Libérez-les, répétai-je calmement.

— Pas un seul ne sera libéré. Toi non plus d'ailleurs, j'ai changé d'avis. Tu es une esclave et tu le resteras jusqu'à ta mort.

Van Prok recula, s'éclaircit la gorge.

— J'ai trop bu, bafouilla-t-il.

Et il sortit de la hutte en vacillant.

Je l'entendis qui titubait sur le sentier en faisant cingler le fouet.

Chapitre 13

Ayant attendu le départ de maître Van Prok, Dondo apparut sur le seuil de ma hutte. S'asseyant près de moi, il ôta une épine plantée dans son pied nu.

— Lorsque Van Prok a quitté la maison, je suis allé à la réserve de poudre, annonça-t-il. J'ai pris de quoi tirer dix-huit ou vingt coups de pistolet. J'ai caché la poudre là où tu me l'as demandé, sous le mimosa, dans le cactus. Je l'ai enveloppée, elle ne prendra pas l'eau s'il pleut. Une prochaine fois, j'en prendrai davantage mais ça sera la dernière fois. Je commence à avoir peur.

Après le départ de Dondo, je demeurai éveillée. Le gros tambour de Mary Point parlait toujours : sept notes répétées dix fois de suite, puis un silence. L'instrument comptait les jours nous séparant de la révolte. Tous les esclaves, de Mary Point jusqu'à Coral Bay, étaient à l'écoute. Et de l'autre côté de la baie, les esclaves de l'île Saint Thomas devaient en faire autant.

Avant l'aube, un vent du nord se leva puis le ciel se remplit de nuages et la pluie se mit à tomber. M'élançant sur le sentier, j'allai vérifier que la poudre n'avait pas pris l'eau. Elle avait disparu. Je la cherchai plus attentivement. Rien.

Konje était passé.

La colère soudain m'envahit. Mon fiancé n'avait même pas pris le temps de venir me voir. Puis j'eus honte de ma réaction. Konje se mettait en danger à chaque fois qu'il faisait le trajet de Mary Point à Hawks Nest.

La pluie cessa, le ciel s'éclaircit mais le vent continua à souffler. Non loin du rivage s'étendait Whistling Cay, un amas de rochers percé de grottes qu'un récif de corail encerclait.

Lorsque le vent du nord soufflait, d'étranges bruits s'élevaient du récif. Tantôt ils ressemblaient aux cris d'un enfant, tantôt aux hurlements d'une bête blessée, tel un démon venu des profondeurs. À d'autres moments encore, ils rappelaient les roucoulements d'une colombe. Cette nuit-là, tandis que Konje regagnait Mary Point, j'avais l'impression d'entendre des bruits de pas foulant la terre.

De nouveau, le ciel se couvrit de nuages, quelques gouttes de pluie s'écrasèrent sur la terre. Néron souffla alors dans sa corne qui réveilla le gros coq rouge. Le volatile tendit le cou puis aida le bomba à tirer du sommeil les esclaves travaillant aux champs. Au cœur de cette nuit noire précédant l'aube, ils allaient établir une terrasse sur la colline, derrière la distillerie, pour le coton que maître Van Prok espérait voir fleurir.

Habituellement, je continuais à dormir après l'appel du bomba. Mais dans une heure à peine, aux premières lueurs du jour, Isaak Gronnewold se lèverait. Lorsqu'il venait à Hawks Nest, nous profitions de ce moment matinal pour bavarder.

Je descendis rapidement la falaise en direction de la plage pour prendre mon bain. Immergée jusqu'aux épaules, je marchai dans l'eau aussi claire que l'air puis revins vers le rivage à la nage où j'enfilai la robe de maîtresse Jenna.

Bientôt, j'aperçus le pasteur qui descendait le sentier. J'avais l'impression qu'il n'atteindrait jamais le rivage. Gronnewold faisait un pas ou deux, s'arrêtait pour lire sa bible, regardait le ciel, la mer, puis avançait d'un pas ou deux.

— Bonjour ! lançai-je lorsqu'il fut à mi-chemin.

Il ne répondit pas, mais ferma sa bible et accéléra le pas. Le pasteur Gronnewold avait de longues jambes maigres, telles les pattes d'une cigogne : elles semblaient survoler les pierres et sauter par-dessus les buissons.

Je le rejoignis au bout du sentier puis tombais à genoux. Isaak Gronnewold aimait tous les esclaves, y compris les fugitifs, y compris le sourcilleux Néron. Je trouvais étrange qu'il pût aimer toutes les âmes, qu'elles fussent bonnes ou mauvaises. Pourtant, il les aimait. Oui, toutes.

Isaak Gronnewold tendit une longue main osseuse pour m'aider à me relever. Il n'appréciait pas mes révérences qu'il appelait des « prosternations ». Mais je continuais – il le fallait.

— La nuit dernière, as-tu entendu le gouverneur Gardelin édicter les nouvelles lois ? me demanda-t-il.

— Oui.

— Les autres esclaves l'ont-ils entendu ?

— Ils étaient là, oui.

— Mais crois-tu, les esclaves croient-ils que les lois nouvelles ne sont que des menaces pour effrayer les peureux et mettre en garde les téméraires ?

— Je ne sais pas ce qu'ils pensent. Pour ma part, je crois que le gouverneur est un homme cruel. Il lui plaît d'avoir des prétextes pour justifier sa cruauté.

— Les nouvelles lois du gouverneur n'ont rien d'une menace. Elles sont bel et bien réelles. Toi et tous les esclaves de Van Prok devez le comprendre.

— Ils ont bien compris. J'ai compris.

— Avant, au temps des anciennes lois, j'allais de plantation en plantation. J'ai lu la Bible plusieurs dimanches l'année dernière.

— Oui, et vous la lisez encore et encore. « Que te demande le Seigneur, sinon marcher humblement à Ses côtés ? »

— Ces paroles saintes n'ont pas été appliquées. Les esclaves, de Cruz Bay à Hawks Nest, d'Hawks Nest à Mary Point, de Mary Point à

Coral Bay, ne marchent pas humblement. Beaucoup ont fui, se cachent dans la brousse. À présent, les fugitifs sont éparpillés un peu partout sur les îles. Ils sont trois cents… plus de trois cents. Et chaque jour, des nouveaux viennent grossir leurs rangs.

— Vous avez aussi lu d'autres passages du Livre, révérend Gronnewold. Ce que le Christ a dit à ses amis lorsqu'il s'est rendu sur la montagne, par exemple. « Bénis soient les humbles, car ils hériteront de la terre. » Il a dit bien d'autres choses, mais vous prononcez ces paroles chaque fois que vous vous adressez à nous. Vous avez répété cette phrase à tous les esclaves de toutes les plantations de l'île : « Bénis soient les humbles, car ils hériteront de la terre. » Je ne savais pas ce que voulait dire « hériter » et vous m'avez expliqué que cela signifiait « posséder ». « Les humbles posséderont la terre. »

Le pasteur Gronnewold se pinça le nez.

— Je me rappelle, dit-il, comme s'il ne souhaitait pas s'en souvenir.

— Allez-vous nous prodiguer cette même pensée ? Voulez-vous que nous obéissions aux nouvelles lois ?

— Elles sont mauvaises. Si mauvaises qu'elles se détruiront d'elles-mêmes, une à une.

— Mais d'ici là, devons-nous les respecter?

— Vous *devez* obéir à ces lois, je ne vois pas d'autre solution.

— Nous pouvons fuir, des douzaines d'autres l'ont fait. Plus de deux cents fugitifs se cachent à Mary Point.

— En effet, mais ils meurent de faim.

— Mieux vaut mourir de faim…

Un coup de canon fut tiré depuis le navire du gouverneur ancré loin dans la baie, trop loin pour être surpris par l'ennemi. De petits nuages de fumée blanche et sale s'élevèrent et flottèrent dans notre direction. Un pavillon jaune battait dans le vent, le pont grouillait d'hommes en uniforme rouge vif.

— C'est vrai, chère Raisha.

Gronnewold et Konje étaient les seuls à m'appeler par mon véritable nom.

— Tout cela cessera, continua-t-il.

— Quand?

Détournant les yeux, il fixa l'horizon.

— Quand? répétai-je. Quand les humbles hériteront-ils de la terre?

Le pasteur secoua la tête.

— Il y a bien longtemps que le Christ a prononcé ces paroles. Cela peut prendre beaucoup de temps.

— Serons-nous toujours vivants?

— Hélas, non. Mais cela n'arrivera jamais si nous ne sommes pas humbles.

— Je comprends, dis-je.

Je n'y comprenais rien.

Chapitre 14

De nouveau, le canon tonna et des filets de fumée flottèrent dans l'air. Le gouverneur Gardelin descendit du navire par l'échelle pour atterrir maladroitement dans une barque parée de drapeaux. Il fut conduit jusqu'au rivage à la rame. Bien que le niveau de l'eau fût bas, le gouverneur grimpa sur les épaules de deux gardes ; mais l'un d'eux trébucha au bout de quelques pas et Gardelin tomba à l'eau.

Trempé, le gouverneur se releva, furieux. On le ramena à bord de son navire.

Je le revis vers midi.

Cette fois, Gardelin remonta la plage à cheval, entouré de gardes et de deux musiciens qui jouaient de leurs instruments. On convoqua également quelques esclaves des champs afin qu'ils se prosternent à son passage. Je fus invitée à les imiter. Alors qu'il avançait, il s'adressa à Isaak Gronnewold qui se rendait à Mary Point pour parler aux fugitifs.

Le gouverneur lui remit un texte où les nouvelles lois étaient consignées.

— Vous devrez leur lire ces lois, dit-il.

— Ils les connaissent déjà, rétorqua le pasteur. Les tambours ont transmis l'information.

— Assurez-vous qu'ils les connaissent !

— Je serai heureux de leur lire votre nouveau texte, monsieur.

— Et dites à Konje que s'il renvoie les fugitifs à leurs maîtres qu'ils ont stupidement quittés, je leur pardonnerai malgré les lois. Aucun ne sera puni... juste deux morsures de tenailles et dix coups de fouet. Ils ne perdront ni leurs jambes, ni leurs bras, ni leur vie.

— Très bien, monsieur.

Gronnewold glissa la feuille de papier dans sa bible et fixa celle-ci sur le dos de son âne. Le livre était relié en peau de chèvre et en bois. Les longs poils de chèvre étaient usés et le bois craquelé.

Le pasteur enfourcha l'âne et prit le chemin de Mary Point. Je courus à ses côtés.

— S'il vous plaît, dites tout mon amour à Konje.

— Je le ferai.

— Et gardez-en un peu pour vous...

— Je le ferai, répéta-t-il.

Nous descendîmes le long d'un ravin. À un moment, le prédicateur s'arrêta.

— Dois-je dire à Konje de revenir ? me demanda-t-il.

— Konje ne reviendra pas – quoi que je dise.

— Souhaites-tu qu'il revienne ?

— Non. Je le rejoindrai lorsqu'il y aura assez de nourriture à Mary Point.

Isaak Gronnewold tendit une main osseuse et me saisit l'épaule.

— Raisha, il n'y aura jamais assez de nourriture à Mary Point. Les fugitifs n'ont que ce qu'ils volent et ce que les esclaves leur donnent. Avec l'établissement des nouvelles lois, leur révolte mourra. Les gardes nettoieront chaque colline, chaque vallon de l'île ; ils commencent dès aujourd'hui.

Je voulus paraître en colère contre le pasteur, car cette horrible décision me coupa le souffle, mais je savais qu'il disait la vérité.

Tel un prophète, il déclara :

— À moins que Konje et ses amis n'abandonnent, ils seront massacrés – hommes, femmes, enfants.

— Le Seigneur fera peut-être un miracle. Comme quand Il ouvrit la mer en son milieu et que des murs d'eau s'érigèrent de chaque côté des enfants d'Israël qui atteignirent ainsi la terre ferme. Ils ont de cette manière réussi à fuir les Égyptiens.

— Les enfants d'Israël ont été esclaves en Égypte pendant quatre cent trente ans avant leur libération. Les esclaves de Saint John sont privés de liberté depuis à peine dix ans.

— Devrons-nous demeurer esclaves durant des siècles avant d'espérer que la mer s'ouvre, avant d'espérer être libres ?

— Je prie jour et nuit pour que la mer s'ouvre très vite. Tu dois prier aussi et demander à tes camarades d'en faire autant.

— Je prie. Tous les esclaves prient.

— Le Seigneur nous entendra, me rassura-t-il.

Nous parvînmes enfin au fond du ravin. Une dépression longeait un bord du sentier où des touffes d'herbe cernaient une mare d'eau. L'âne, s'écartant du sentier, se mit à brouter les brins.

Le pasteur tira sur le licou, en vain. L'âne continuait à manger. Gronnewold lui parla, lui susurrant des mots doux de la Bible. Il parlait parfois aux oiseaux, aux animaux, comme s'il s'adressait à des humains.

Têtue, la bête ne voulait rien entendre. Isaak Gronnewold lui expliqua alors qu'ils avaient des miles à parcourir et beaucoup de travail devant eux. L'âne agitait les oreilles, écoutait son maître mais continuait à brouter. Moi aussi j'avais du travail devant moi, pensai-je.

— Mon ami, dit le prédicateur à l'âne, si tu bouges, je te lirai l'Exode, ton passage préféré de la Bible. Et tu pourras manger le reste de l'herbe sur le chemin du retour.

Pendant qu'il tentait de convaincre l'âne, je scrutai les alentours et trouvai une branche morte. Je collai un bon coup de branche à l'animal qui se remit immédiatement en route.

— Dites tout mon amour à Konje ! rappelai-je au pasteur.

Comme d'habitude, il ne répondit pas. Il leva simplement son livre en guise de salut. Ses jambes se balançaient, traînaient à terre parfois. On eût dit un âne à six pattes s'élançant sur le sentier.

Lorsque je revins à la plantation en courant, le gouverneur et ses soldats en uniforme rouge, cinquante hommes environ, se trouvaient devant la distillerie. Gardelin leur expliqua ce qu'il attendait d'eux. Les gardes devaient se diviser en quatre escouades : la première sillonnerait le nord, la deuxième, le sud, la troisième, l'est et la dernière, la partie ouest de l'île.

— Restez sur les sentiers connus, ne vous aventurez pas en tous sens, les prévint-il. Et fouillez chaque plantation. Je vais remettre à l'officier de chaque troupe le texte de mes lois. Les planteurs rassembleront leurs esclaves, et l'officier devra leur lire chacune d'elles, sans en omettre une seule.

Le soleil de la mi-journée semblait figé dans le ciel. Des gouttes de sueur perlaient sur le front de Gardelin ; il s'interrompit un instant pour les sécher.

— Vous ne devez pas faire usage de vos armes, sauf si vous êtes agressés – ce qui est peu probable de la part des esclaves. Puis vous regagnerez cette plantation mercredi matin, au plus tard ; nous sommes aujourd'hui lundi, je vous le rappelle.

Assis bien droit sur la selle, les soldats s'éloignèrent sur leurs élégants chevaux en échangeant quelques rires. On aurait dit qu'ils étaient heureux de quitter le gouverneur Gardelin.

Chapitre 15

Après avoir baigné maîtresse Jenna, je lui apportai le petit déjeuner que je préparais à la cuisine, à l'extérieur. Je servis également le déjeuner de son époux et celui du gouverneur qui avait posté six sentinelles autour de la maison. Gardelin écrivait tandis que Dondo l'éventait et chassait les simulies. Puis il regagna son navire.

Maître Van Prok travaillait dehors, sous le soleil ardent. Il appela les esclaves des champs et leur enjoignit de ramasser des *pinguins*. Cette plante possède des centaines d'épines en crochet qui ne s'enfoncent pas dans la peau à l'instar des épines du cactus, mais vous déchirent la chair. Les esclaves confectionnèrent des cordes de *pinguin* et en garnirent le pourtour des six fenêtres de la maison.

— Ainsi, personne ne pourra pénétrer à la dérobée dans la maison, déclara Van Prok à sa femme, lorsqu'il fut de retour au crépuscule.

J'éventais maîtresse Jenna et chassais les mouches de son visage.

— Cette plante ne peut-elle être coupée avec un couteau bien aiguisé? demanda-t-elle.

— Bien entendu. Mais couper les cordes prendra du temps à l'intrus. Cela nous laisse une chance de nous retourner; nous ne serons pas surpris. On ne se réveillera pas en découvrant quelqu'un tenant une machette à canne au-dessus de nos têtes.

À ces mots, elle fut parcourue d'un frisson.

— J'ai peur, souffla-t-elle.

Ce n'était pas la première fois que maîtresse Jenna exprimait son angoisse. Depuis des semaines déjà, la terreur la tenaillait et elle buvait chaque jour un peu plus de rhum. Ce penchant pour la boisson contrariait Van Prok.

— Tu devrais aller à Saint Thomas, suggéra-t-il. Tu seras plus en sécurité là-bas; ils n'ont eu à déplorer qu'une douzaine de fugitifs qui ont tous été repris et punis. Pars avec le gouverneur lorsqu'il quittera l'île dans un jour ou deux.

Maîtresse Jenna se tourna soudain vers moi.

— Qu'en penses-tu, Angelica ?

Il me fut difficile de lui répondre. Je savais que la femme du planteur était en danger – tous les Blancs l'étaient. Et le danger grandissait à mesure que les jours passaient. Voûtant les épaules, je décidai de garder le silence.

— Parle ! m'enjoignit Van Prok.

— Je n'ai pas idée du danger, répondis-je.

— Tu dois certainement savoir quelque chose...

À cet instant, alors que le ciel s'obscurcissait, le gros tambour de Mary Point se mit à parler. Un autre, plus petit, émit aussi son message depuis le sud, vers Cruz Bay.

— Tu connais le langage des tambours, Angelica. Que disent-ils ?

— Le petit tambour annonce que des soldats sur des chevaux sont venus puis repartis.

— Et le gros tambour ?

— Il discute.

— De quel sujet ?

— D'absurdités.

— Quel genre d'absurdités ?

— Il fait simplement du bruit.

C'était la stricte vérité, mais Van Prok, se levant de son hamac, se mit à faire les cent pas.

Ses lourdes bottes cognant les dalles couvrirent le vacarme des tambours.

Puis il s'immobilisa.

— Du bruit. Des absurdités. Ah ! c'est toi qui fais du bruit, c'est toi qui dis des absurdités !

Me pointant du doigt, il reprit :

— Tu mens, Angelica ! Et cesse de remuer cet éventail !

Je m'arrêtai d'éventer maîtresse Jenna.

— Regarde-moi !

Je n'avais jamais plus posé le regard sur maître Van Prok depuis le premier jour à la plantation, lorsqu'il avait tendu la main pour toucher ma peau. Furieuse, je l'avais fixé droit dans les yeux. Après m'avoir giflée, Van Prok m'avait ordonné de ne pas le regarder ainsi, ni sa femme, ni aucune personne blanche. Je devais donc regarder le plafond, mes pieds ou n'importe quoi, mais jamais une personne blanche dans les yeux. Tel était l'usage sur les îles Saint John et Saint Thomas. Si je transgressais la règle, on me torturerait avec les tenailles rougies à blanc.

Maîtresse Jenna, que j'avais cessé d'éventer, se plaignit des mouches et de la chaleur. Van Prok lui demanda de se tenir tranquille.

— Angelica, regarde-moi, répéta-t-il.

Je fis une vaine tentative. Mes yeux glissaient autour de la pièce, vers Dondo, le lézard de la maison traquant une mouche, le doigt de Van Prok orné d'un anneau levé vers le plafond.

— Cesse de scruter cette pièce, tu la connais déjà ! Regarde-moi.

Mes yeux me semblaient lourds, mais je parvins quand même à fixer le centre de sa perruque. C'est alors que des larmes roulèrent sur mes joues. Je ne pouvais faire mieux.

Van Prok lorgna vers le fouet, roulé sous son hamac.

— Regarde-le, ma chérie, m'encouragea maîtresse Jenna.

Baissant légèrement les yeux, je plantai mon regard dans le sien. J'eus comme l'impression de fixer un soleil éblouissant.

— Bien, fit-il. Maintenant, dis-moi ce que racontent les tambours.

À présent que Jost Van Prok avait cessé de faire les cent pas, nous pouvions entendre le puissant vacarme des instruments. Au sud, un troisième tambour se joignit aux autres.

— Ils faisaient du bruit et disaient des absurdités, commençai-je. Maintenant, ils parlent du jour de la révolte.

À ces mots, maîtresse Jenna se dressa sur son hamac et posa les pieds par terre.

— Le jour de la révolte? Quand éclatera-t-elle?

— Les tambours ne le disent pas.

Apeurée, elle étouffa un petit cri puis se laissa retomber dans le hamac. Je me sentis désolée pour maîtresse Jenna tant elle était pâle.

— Dès que les fugitifs auront pris connaissance des lois de Gardelin, ils se calmeront, affirma Van Prok. Ils y réfléchiront à deux fois avant d'attaquer les planteurs.

Je recommençai à éventer maîtresse Jenna.

— Je vais t'envoyer à Saint Thomas, tu seras mieux là-bas, fit doucement Van Prok à son épouse.

— Et te laisser seul ici?

— C'est l'affaire d'un mois ou deux. D'ici là, les tambours se seront tus, et tu pourras revenir à la maison, promit-il.

— Un mois… c'est si long.

— Ici, tu ne manges plus, Jenna, tu passes des nuits sans sommeil. Je suis inquiet pour toi.

— Je suis aussi inquiète pour toi, mon cher Jost. Je voudrais que tu m'accompagnes à Saint

Thomas, mais, bien sûr, tu ne le peux pas. Quels moments horribles devons-nous endurer !

Un quatrième tambour, petit et situé au-delà des collines vers le nord-est, entra dans la danse.

Jenna Van Prok réclama une tasse de rhum que je lui apportai. Il ne restait que du *Kill Devil*. Elle sirota l'alcool un instant et son visage reprit des couleurs.

Soudain, elle me tapota le pied et m'ordonna de faire ses bagages.

— Quatre robes pour la journée, trois pour la soirée, c'est tout. Je n'ai pas l'intention de m'amuser.

Je retins mon souffle à l'idée de quitter Saint John.

— Et fais vite ! ajouta-t-elle. Nous ignorons quand le gouverneur partira.

Maîtresse Jenna perçut mon inquiétude.

— Ne te fais pas de mauvais sang, me rassura-t-elle. Tu mangeras mieux à Saint Thomas, ça te plaira, n'est-ce pas, Angelica ?

Je pris garde de ne pas éveiller leurs soupçons. Il ne fallait pas leur laisser entendre que je ne voulais pas quitter Saint John. Au moindre doute, ils pouvaient me plonger dans le cachot, ce trou noir sous la distillerie, puis me brûler avec les tenailles rougies au feu.

— Je ferai vos bagages demain, répondis-je.

Passé minuit, après que les Van Prok se furent endormis, Dondo me suivit au-dehors.

— Je t'ai entendue parler à maîtresse Jenna, chuchota-t-il. As-tu menti quand tu lui as dit que tu l'accompagnerais à Saint Thomas?

— Oui.

— Tu ne partiras pas?

— Non.

— Que vas-tu faire?

— Fuir.

— Mais où donc?

— Je ne sais pas. Je ne peux pas me rendre à Mary Point. Pas maintenant. Mais Whistling Cay est juste en face de Mary Point et assez proche. Qu'en penses-tu?

— J'y suis allé une fois. Il y a des grottes, des endroits où se cacher. Ils ne te trouveront jamais.

Néron s'était à moitié dissimulé derrière l'encadrement de la porte de la distillerie. Il nous épiait. Sans ajouter un mot, Dondo et moi nous séparâmes.

Chapitre 16

En fin d'après-midi, les soldats de Gardelin revinrent à Hawks Nest. Ils étaient porteurs de mauvaises nouvelles. Des esclaves manquaient à l'appel dans la majorité des plantations. Certaines déploraient la perte de deux esclaves, et Erik Van Slyke, à Hurricane Hole, en avait perdu quatre.

L'un des fugitifs de ce planteur, caché dans un arbre, avait été repris. Très jeune, plus jeune que moi, le garçon était marqué de deux cicatrices de tenailles. Le gouverneur ordonna qu'on l'enfermât dans le cachot, sous la distillerie. Dans ce trou noir trop petit pour pouvoir s'allonger, l'air ne filtrait qu'au travers d'une mince fente pratiquée dans la porte.

Les esclaves peinant dans les champs furent convoqués. Les Van Prok, quant à eux, observaient tout cela depuis la cour. Dondo et moi, dans la maison, scrutions la scène par une fenêtre cernée de *pinguin*.

Gardelin prononça un discours au sujet des fugitifs.

—... Quel horrible crime que de quitter son maître qui avait donné de précieux rigsdalers pour vous, maître qui vous nourrissait, vous protégeait...

Élevant la voix afin d'être entendu par tous, il ajouta :

— Cet homme qui a fui la plantation d'Erik Van Slyke n'est pas demeuré absent trois jours, cinq jours, ni sept jours ! Huit jours de fuite. Par conséquent, il sera puni selon l'article 5 du nouveau texte de lois. Il recevra cent cinquante coups de fouet, infligés par Néron, votre respecté bomba.

On n'entendit plus aucun bruit parmi les esclaves. Aucun bruit dans le cachot.

— Je connais ce garçon, me chuchota Dondo. Les Blancs l'appellent Léandre, je ne sais pas quel est son nom d'origine. Te souviens-tu du jour où je suis allé chez Van Slyke ?

— Non, je ne m'en souviens plus.

— Van Prok m'avait envoyé chez le planteur afin que je ramène une enfant qu'il avait achetée. La mère refusait d'abandonner sa fille. Quand Léandre et moi sommes arrivés à sa hutte, elle y avait mis le feu. Je suis resté planté là, paralysé, comme retenu par des chaînes.

« Léandre, lui, s'est engouffré dans les flammes. Il a sauvé la mère mais pas l'enfant. Je me souviens très bien de lui.

Les tambours avaient recommencé à se faire entendre. Ils se parlaient, se répondaient, mais ne disaient encore rien du garçon que le gouverneur Gardelin était sur le point de punir.

— Après les cent cinquante coups de fouet, il aura toute la chair à vif, reprit Dondo. Si le garçon survit, il demeurera estropié à vie.

Gardelin continuait :

— Je reviendrai demain afin de vérifier la bonne exécution de mes ordres.

Avant que le gouverneur ne regagne son navire, Isaak Gronnewold l'interpella. Trop loin pour entendre ce qu'ils disaient, je vis uniquement Gardelin hausser les épaules puis partir.

— Le garçon ne sera pas puni, affirma Dondo.

— Sois prudent, le prévins-je. Les soldats

campent à proximité, et Néron est toujours à rôder en quête d'une proie.

— Il ne sera pas puni, répéta-t-il simplement.

Les Van Prok arrivèrent et Dondo se tut.

Je servis une tasse de *Kill Devil* à maîtresse Jenna. Tout en sirotant le rhum, elle bavardait avec son mari.

— C'est un si jeune homme, fit-elle. C'est une honte de lui infliger un si lourd châtiment. Tu pourrais le racheter à Van Slyke, parler au gouverneur. Gardelin se laisserait peut-être attendrir si tu faisais travailler ce garçon à Hawks Nest.

— Quand bien même Van Slyke voudrait le vendre, je ne dispose pas de cet argent, rétorqua son époux. Quant au gouverneur, il ignore le sens du mot « attendrir ». Il ne reviendra pas sur sa décision.

Dondo me jeta un regard puis me fit un geste signifiant que le garçon était en sécurité. Il ne serait donc pas battu. Je lui répondis par un signe, l'invitant de nouveau à la prudence.

Maîtresse Jenna but deux autres tasses de *Kill Devil* avant que je ne la couche. Elle semblait heureuse de partir pour Saint Thomas. Le gouverneur lui avait assuré qu'il s'en irait le lendemain, dès que Léandre aurait reçu les cent cinquante coups de fouet.

À minuit, je la quittai et sortis de la maison. Au milieu des nuages qui se déplaçaient lentement, la lune projetait de légères ombres alentour. À présent, les tambours avaient appris les événements d'Hawks Nest. Les soldats jouaient aux cartes, riaient, criaient quand Dondo quitta à son tour la maison des Van Prok.

Passant devant moi sans souffler un mot, il se dirigea rapidement vers le cachot et souleva la barre de fer qui bloquait la porte. Tirant le garçon hors du trou, il lui indiqua le nord puis lui dit :

— Cours !

Léandre me doubla en courant, comme hébété.

— Cours, l'encourageai-je. Cours vers la plage jusqu'au camp des fugitifs. C'est à environ…

Je n'avais pas fini ma phrase qu'il s'était déjà éclipsé.

Dondo avait disparu. Cependant, j'entendis Néron au sommet du sentier qui effectuait sa ronde de minuit. Gagnant la remise, je remplis une gourde de cassonade. Le sucre brut durerait des jours.

Puis je parcourus la moitié du sentier et me cachai près du cactus en attendant que Néron passât son chemin.

Il mit une éternité à s'éloigner. Je devais fuir à Whistling Cay avant que la corne n'appelât les esclaves au travail. L'inquiétude commençait à me gagner. Néron avait-il aperçu le garçon ? Avait-il vu Dondo ? Était-il sur leurs traces ? Je devais coûte que coûte disparaître avant l'aube. Aux premières lueurs du jour, je serais en danger.

Tendant l'oreille, je guettai l'approche de Néron, identifiable à son pas traînant. Un vent sec soufflait des collines en agitant les feuilles du mimosa. Je percevais des bruits doux, comme étouffés, provenant de la mer ; toutes sortes de bruits furtifs, mais pas le pas boitillant du bomba.

Soudain, un coup de feu éclata sur le sentier, entre les huttes et le cactus près duquel j'étais cachée. Il fut suivi d'une seconde déflagration et d'un cri étouffé. Puis je vis une torche briller à travers les arbres.

Laissant tomber la cassonade, je me mis à courir comme une dératée quand, à un virage du sentier, je tombai sur Néron. D'une main, il tenait une branche enflammée, de l'autre, un mousquet. À ses pieds, une silhouette pliée de douleur.

Le garçon avait réussi à s'échapper, mais Dondo avait été blessé sous le genou. Dondo gisait à terre.

Néron se rengorgeait en proférant des menaces. Approchant la torche du visage de mon ami, il hurla :

— Tu paieras pour ça, scélérat !

Des hommes arrivèrent qui transportèrent Dondo à sa hutte où il fut pansé. Je courus chercher une poignée de graines de paradis chez les Van Prok. Tandis que je lui administrais le médicament, ma main effleura un petit paquet dissimulé dans les cheveux de Dondo. La poudre, la dernière livraison qu'il avait promis de remettre aux fugitifs.

Mon ami s'endormit alors que Néron et Van Prok se tenaient non loin de nous. Je glissai le petit paquet dans mes cheveux puis, rejoignant ma hutte, le cachai sous ma natte, avec la nasse à poissons. Une fois la poudre en sécurité, je revins au chevet de Dondo que je ne quittai pas de la nuit.

Chapitre 17

Peu après l'aube, la nouvelle parvint aux oreilles du gouverneur qui, à midi, se trouvait à la porte de Jost Van Prok. Contrairement à ce que je craignais, il n'était pas furieux, mais se montra calme et souriant, comme s'il était en simple visite chez des amis.

Assis sous le porche, les deux hommes contemplèrent la mer bleue. Ils burent deux chopes de bière, fumèrent leur pipe à long tuyau, tout en bavardant. Le gouverneur questionna maître Van Prok au sujet de Dondo.

— C'est un homme jeune, vigoureux; sa blessure n'est pas grave, expliqua Van Prok. Il sera sur pied demain ou après-demain.

— Voulez-vous dire qu'il marchera ? s'étonna Gardelin.

— Il boitera.

— Qu'il boite ou non, je reviendrai le voir.

Un regard mauvais assombrit son visage. À nouveau, le gouverneur convoqua le capitaine de sa petite armée et lui demanda de rendre visite à tous les planteurs proches, comme au premier jour, afin que ces derniers et trois de leurs esclaves soient présents à Hawks Nest, le lendemain à midi.

Gardelin et Van Prok burent une autre chope de bière tout en considérant les nuages qui s'amoncelaient à l'ouest. Puis le gouverneur rejoignit son navire, un sourire satisfait aux lèvres.

Le lendemain matin, il était de retour avec une longue file de marins qui chantaient en montant le sentier. Ils transportaient des paniers de nourriture en quantité abondante, comme le jour de leur arrivée. Les hommes en bout de file portaient un étrange objet en bois muni de roues. Jamais je n'avais vu pareille chose. Il s'agissait d'un chevalet de torture, un appareil qui démembrait le supplicié.

Les esclaves des champs ne se rendirent pas

au travail ce jour-là. Après leur avoir donné une poignée de poissons séchés, Néron les fit marcher, eux et leurs enfants, jusqu'à la tour puis leur ordonna de s'aligner le dos au mur de pierre jusqu'à ce que le soleil se couche.

Aucun esclave ne regagna sa hutte. La nuit fut calme, mais nous ne pûmes trouver le sommeil. La peur imprégnait tout alentour : l'air, le vent qui descendait des collines, la terre pauvre et triste tassée sous nos pieds. Ce que le gouverneur allait faire demain, personne ne le savait ni ne pouvait le deviner, mais nous nous nous attendions au pire.

Deux des plus jeunes fillettes vinrent s'allonger près de moi. Prenant leurs petites mains, je leur parlai de l'instant où la pluie tomberait et où les fleurs s'épanouiraient.

Le lendemain, des soldats se postèrent de chaque côté du groupe des esclaves. Les propriétaires de dix plantations vinrent s'asseoir sur des bancs en face de la tour, leurs bombas accroupis derrière eux. Les esclaves des planteurs avaient rejoint ceux des Van Prok.

Maîtresse Jenna se tenait derrière une fenêtre protégée par des *pinguins* ; elle observait son mari ainsi que le gouverneur.

Debout devant la porte du cachot où on avait enfermé Dondo, ces deux derniers ne quittaient pas des yeux l'homme qui rafistolait les courroies et les roues du chevalet de torture. Je ne l'avais jamais vu auparavant. Grises étaient sa barbe rabougrie, la toison couvrant sa poitrine et les boucles sur le dos de ses mains. Du sang blanc coulait dans ses veines.

Gardelin l'interpella :

— Quand seras-tu prêt, fidèle bourreau ?

— Je le suis, répondit l'homme. Je suis prêt depuis longtemps.

La porte cadenassée fut ouverte puis Dondo sortit de la cave. Il lui fallut un moment pour parvenir à se mettre debout.

— Connais-tu le motif de ta punition ? demanda le gouverneur.

Dondo redressa les épaules, prit une profonde inspiration, mais demeura silencieux.

— Réponds, ou ce sera doublement pénible pour toi, insista Gardelin, calmement.

Dondo se terra dans le silence.

— Regarde-moi avec respect et réponds !

Dondo fixa au loin la mer, les nuages sombres, et ne dit rien. Sa jambe blessée à moitié pliée, il souffrait en silence.

— Bien. Puisque tu choisis le mutisme par

stupidité ou par arrogance, c'est moi qui ferai connaître à l'assemblée la raison pour laquelle tu vas être puni. Tu as aidé un criminel à s'évader. Tu as essayé de t'enfuir. Ces crimes offensent Notre-Seigneur, et moi, Philip Gardelin, gouverneur des îles Saint Thomas et Saint John, chef des Antilles danoises et de la Compagnie de Guinée.

À ces mots, il jeta un regard au feu qui brûlait contre le mur. Des tenailles à longues poignées y chauffaient. Il fit un signe à quelques esclaves et ces derniers attachèrent une main et un pied de Dondo au tronc d'un arbre planté tout près de la porte de la tour. Puis il adressa un geste au bourreau. L'homme tira alors les tenailles du feu, cracha dessus pour vérifier le degré de chaleur, puis les replongea dans les flammes.

À dos d'âne, Isaak Gronnewold avait pénétré dans la cour pendant le discours du gouverneur. Il l'avait écouté jusqu'à la fin puis avait mis pied à terre. Les paroles qu'il avait entendues l'ayant mis en colère, le pasteur se posta dos aux tenailles qui rougissaient dans les flammes.

— Comment savez-vous que c'est Abraham

qui a aidé le garçon à s'évader? Comment savez-vous qu'il voulait s'échapper?

Le gouverneur fut surpris qu'on pût le critiquer ainsi. Gardelin remit soigneusement en place sa perruque qui penchait sur le côté mais ne répondit pas.

— Il a droit à un procès, un procès régulier, continua Gronnewold. Un homme ne saurait être puni pour un crime qu'une personne a décidé de lui imputer.

— Une personne? répéta le gouverneur, outré. Ce n'est pas une personne qui en a décidé mais le gouverneur de Saint John et Saint Thomas, le chef des Antilles danoises, le chef de la Compagnie de Guinée!

Le pasteur Gronnewold se tourna vers les planteurs assis sur le banc.

— Qu'en dites-vous, messieurs? cria-t-il. Abraham doit-il être jugé?

— Non! tonna Erik Peter Van Slyke.

— Non! hurla Jost Van Prok.

Un chœur de « non » s'éleva. Les bombas s'étaient joints à leurs maîtres, les esclaves blottis contre le mur de pierre gardaient le silence.

— Vous voyez, fit Gardelin. Vous avez tort. Ceux qui luttent pour sauver leurs champs et leurs distilleries, ceux qui vivent jour et nuit dans une peur constante vous disent « non ».

Isaak Gronnewold considéra les propriétaires, les bombas, puis le gouverneur.

— Ils vivent dans la terreur parce que leurs esclaves vivent dans la terreur, proclama-t-il.

Redressant ses épaules osseuses, il regarda le gouverneur. Il regarda les propriétaires de plantation. Il regarda les bombas.

— Le Seigneur a dit : « Ces choses que vous avez faites à l'un des plus petits de mes frères, vous les avez faites à moi-même. »

Le gouverneur se pinça les lèvres.

— Et le Seigneur, continua le pasteur, vous punira.

À ces mots, Gardelin lui jeta un regard glacial.

— Et vous, vous serez puni par le fer si vous ne cessez pas ce bavardage, menaça le gouverneur. (Puis, se tournant vers le bourreau :) Tu as beaucoup de travail devant toi, alors commence !

Le bourreau s'empara des tenailles dont les mâchoires étaient d'un blanc brillant. Il lui fut inutile de cracher sur le fer pour en vérifier la chaleur. Il commença par les pieds de mon ami. Les jambes de Dondo se raidirent sur les cordes, mais il n'ouvrit pas les yeux, il ne cria pas non plus.

Isaak Gronnewold hurla « Assez ! ». Puis il bondit pour arrêter le bras du tortionnaire. L'homme, repoussant le pasteur, le jeta à terre. Des soldats ramassèrent le prédicateur évanoui et le portèrent jusque dans la maison où maîtresse Jenna leur ouvrit la porte.

D'un seul et bref coup d'œil, le tortionnaire estima la taille de la poitrine du supplicié puis ouvrit les dents des tenailles à la largeur évaluée. Avec un grognement, il referma les mâchoires ardentes de chaque côté du torse nu de Dondo. Puis il rouvrit les tenailles pour les replonger dans le feu et attendit, les bras croisés.

Des conversations excitées animaient les propriétaires, les bombas gloussaient. Néron, lui, applaudit. Gardelin et Van Prok échangèrent des sourires, maîtresse Jenna quitta la fenêtre. Les esclaves détournèrent la tête.

Le gouverneur s'entretint avec son fidèle bourreau qui se tenait toujours les bras croisés.

— Comme nous venons à peine de commencer, je propose de poursuivre, fit-il.

Le tortionnaire sortit un fouet qu'il fit claquer deux fois en direction d'une mouette qui volait.

— Non, reprit le gouverneur. En premier lieu, le chevalet nous sied mieux que le fouet.

Le bourreau jeta alors un regard à l'instrument de torture puis tourna l'une des nombreuses roues avant de déclarer :

— Je suis prêt, gouverneur. Quand vous voudrez…

— Allez-y, l'invita Gardelin.

Des soldats détachèrent Dondo. Il émit un gémissement puis s'évanouit dans les cordes qui l'entravaient.

— Réveillez-le ! ordonna le gouverneur.

Le bourreau remplit un seau d'eau de mer qu'il jeta sur le corps de mon ami. Le sel et l'eau ne provoquèrent aucune réaction. Le gouverneur ordonna qu'on lui jette un second seau.

Les yeux de Dondo demeuraient fermés, comme aux premières secondes de son supplice. J'avais l'impression que ses oreilles aussi étaient fermées au monde. Il n'avait pas entendu le discours de Gardelin, les rires, le feu qui crépitait. Il n'avait entendu que le gros tambour de Mary Point. Il n'était plus avec nous. Il avait regagné les vertes collines d'Afrique.

Chapitre 18

Maîtresse Jenna essayait de glisser un médicament dans la bouche d'Isaak Gronnewold quand je déboulai pour annoncer au pasteur la mort de Dondo. La femme de Van Prok avait installé le religieux sous le porche balayé par le vent. Le visage pâle et gonflé, il avait néanmoins un regard qui lançait des flammes.

À la terrible nouvelle, il se leva et sortit du porche en titubant.

J'allais le suivre quand maîtresse Jenna m'appela :

— Angelica, le gouverneur part cet après-midi ; tes affaires sont-elles prêtes ?

— Oui, tout est en ordre, répondis-je, sincère.

Dans ma hutte, sous la natte, j'avais la poudre de Dondo et la nasse à poisson. Il me fallait trouver maintenant un petit sac de cassonade, un couteau pas trop grand et surtout de l'amadou pour faire du feu. J'avais certes besoin d'autres choses, comme une casserole et du sel, mais je ne voyais pas comment me les procurer.

— Ne perds pas de temps à écouter les querelles du gouverneur et du prédicateur, ajouta-t-elle. Va rassembler tes affaires et reviens. Ne traîne pas !

Face à face près de la distillerie, les deux hommes, en effet, se disputaient. Gardelin était raide comme un piquet, Gronnewold agitait ses bras maigres ; maître Van Prok les écoutait. Néron discutait avec le bourreau qui expliquait le fonctionnement des courroies et des roues du chevalet.

Passant devant ces derniers sans être vue, je me dirigeai vers la distillerie déserte ; on n'y avait pas fait de sucre depuis le mois d'août et nous étions en novembre. Je savais que j'y trouverais quatre morceaux d'amadou, un destiné à chaque chaudron. Je m'emparai du plus petit que je cachai dans mes cheveux et m'en allai.

Néron et le bourreau étaient toujours en

grande discussion. Je gagnai le cachot où les soldats avaient étendu Dondo et lui fis mes adieux, puis je repassai devant le bourreau et le bomba. Une fois hors de vue, je courus à perdre haleine.

Profitant de ce que les esclaves avaient regagné les champs, je ramassai un couteau dans une hutte — un couteau au manche brisé et au tranchant émoussé. C'était le seul de petite taille que je pus dénicher.

Je regroupai toutes mes affaires, sans oublier le collier, que j'enveloppai d'abord dans une peau de chèvre puis dans ma natte, je jetai celle-ci sur ma tête et m'enfuis vers Whistling Cay.

Deux sentiers y menaient, un utilisé par les Blancs, l'autre, secret, par Konje. Je savais où commençait celui de mon fiancé mais il faisait toutes sortes de détours avant de s'engager dans la bonne direction, d'après ce qu'il m'avait expliqué. Je risquais donc de me retrouver définitivement perdue.

Je décidai de longer le chemin des Blancs. Marchant très vite, je ne m'arrêtais que pour écouter les sabots des ânes martelant le sol pierreux. À Cinnamon Bay, j'entendis des voix, trois esclaves qui revenaient de la plage chargés de tonnelets d'eau de mer. Je plongeai dans les buissons et attendis qu'ils passent leur chemin.

À Maho Bay, je tombai sur deux jeunes Blancs qui jouaient avec un chien. Ils s'arrêtèrent pour m'observer, puis l'un d'eux me demanda qui était mon propriétaire. Comme je ne répondais pas, l'autre garçon prétendit que j'avais l'air d'une fugitive. Après quoi, ils s'élancèrent vers une maison perchée sur une colline, au milieu des arbres.

Apeurée, j'accélérai le pas et ne m'arrêtai pas avant Francis Bay. À cet endroit, je quittai le sentier et suivis le rivage vers un lieu proche de Whistling Bay où la mer était peu profonde. Plongeant dans l'eau jusqu'aux épaules, je marchai puis nageai sur quelques mètres.

Dans l'eau aussi claire que l'air, je pouvais voir le fond et des centaines de petits poissons brillants. Un banc de raies pastenagues aux yeux gris-vert nagèrent près de moi. Tels des guides, elles donnaient l'impression de savoir où j'allais.

Je ne vis aucune plage là où la terre reprenait ses droits. Je dus franchir un récif de corail pour atteindre un terrain plat. De mon point de vue, je pouvais apercevoir la falaise de Mary

Point qui se dressait bien droit au pied du rivage.

Au sommet de la falaise couleur sang, je distinguais un bouquet de palmiers qui cernaient des huttes couvertes de feuilles de ces mêmes arbres. Des personnes se déplaçaient autour des palmiers.

Le camp des fugitifs, le camp mené par Konje.

À l'approche du crépuscule, un grand feu jaillit à Mary Point, des gens se mirent à chanter. J'imaginai la voix tonnante de Konje dominant les autres, s'élevant haut, très haut vers les étoiles.

Chapitre 19

La nuit tomba rapidement.

Avant qu'il ne fasse noir, je découvris un autre récif de corail qui s'étendait plus loin. Entre ce dernier et le terrain plat qui m'accueillait se trouvait un petit vallon pas plus large que la courbe d'un jet de pierre. Les arbres qui y poussaient pouvaient m'offrir un abri contre le vent chaud de la terre qui se levait.

Je progressai dans le noir, à travers des bosquets de cactus, pour rejoindre le fond du vallon, puis étendis ma natte au milieu des arbres. Le gros tambour de Mary Point commença sa musique, mais le bruissement des feuilles et le mugissement du vent s'engouffrant dans les grottes étouffaient son message.

Le vent s'évanouit cette nuit, puis le soleil se leva dans un ciel dénué de nuages. En me réveillant, je découvris, surprise, que j'étais entourée d'arbres fruitiers.

Me levant d'un bond, je balayai mon petit royaume du regard. Je dénombrai deux cocotiers chargés de grappes de noix, un bananier riche d'un régime de fruits verts pas plus longs qu'un doigt, et un arbre à pain aux fruits desséchés. Il y avait là assez de fruits pour tenir un mois.

Sur le versant opposé du petit vallon, sur un espace aplani du corail, je décelai les signes d'une écriture africaine, symboles de la tribu Amina. Mon hypothèse selon laquelle les oiseaux avaient apporté les graines pouvait être erronée. Des esclaves fugitifs qui auraient vécu ici des années auparavant avaient pu les planter.

À présent, je m'inquiétai pour l'eau. Je pouvais certes ramasser du bois, allumer un feu et faire bouillir l'eau de mer, mais je n'avais rien pour collecter la vapeur et la laisser se condenser en une eau potable.

Mon inquiétude se dissipa quand je réalisai quelle variété de cactus tapissait un peu partout les flancs du pré. Après avoir ôté ou brûlé les épines, on ouvrait le cactus pour découvrir de l'eau nichée dans la pulpe. On devait mâcher celle-ci pour extraire le précieux liquide. Malgré un goût de plumes bouillies, cette eau étanchait la soif.

Soudain, une pensée me coupa le souffle. Tandis que je regardais à la ronde les arbres fruitiers et les cactus, je pris conscience que j'avais suffisamment de vivres pour tenir des semaines. Avec le poisson que je capturerais, j'en avais plus qu'assez.

Je pouvais donc me permettre de ne pas rejoindre les fugitifs du camp de Mary Point qui, comme me l'avait répété Konje encore et encore, souffraient du manque de nourriture. Mais si je parvenais à vivre de fruits et de cactus, ainsi qu'à faire sécher le poisson pour l'économiser, je pouvais également aller à Mary Point. En effet, j'aurais alors assez de nourriture pour moi et un autre, sans pour autant être un fardeau pour la communauté.

Ce matin-là, je plongeai la nasse dans un trou d'eau et appâtai avec un peu d'holothurie*. Avant midi, le piège renfermait une centaine de poissons. Pas plus longs qu'un doigt,

* Holothurie : animal marin muni de ventouses appartenant à la même famille que les oursins. (*N.d.T.*)

ils étaient transparents à la lumière. Pour un repas, il fallait en cuire trois douzaines.

J'étalai les poissons sur une saillie rocheuse afin qu'ils sèchent, puis les couvris de bandelettes de cactus pour repousser les mouettes, comme nous le faisions à Hawks Nest. Je replongeai la nasse dans un lieu différent, à l'embouchure d'une grotte.

En cas de danger, songeai-je, je pourrais peut-être m'y réfugier.

L'entrée, étroite sur une courte distance, s'élargissait en une vaste pièce ronde aux murs étonnamment droits. Au centre de la voûte et très bas, une ouverture aux arêtes vives laissait filtrer quelques rayons de soleil. La pièce était bariolée d'ombres mouvantes.

Soudain, j'entendis de légers bruits, semblables à des soupirs humains. C'était l'air qui s'engouffrait dans le trou au-dessus de ma tête. Lorsque le vent soufflait très fort, les soupirs se transformaient en cris assourdissants, des cris que j'avais déjà entendus.

Après la pièce, un passage plongeait dans l'obscurité, vers d'autres salles, probablement. Comme le soleil déclinait, je décidai de partir. L'endroit me semblait tout indiqué pour me cacher si le besoin s'en faisait sentir.

Les tambours parlaient lorsque je revins au pré ; j'entendis celui de Mary Point, de Maho Bay et un autre à Cinnamon Bay.

Le gros tambour parlait toujours de la mort de Dondo mais disait aussi que j'avais fui Hawks Nest et gagné Mary Point.

L'instrument mentait pour encourager les esclaves à s'évader. Pourtant, Konje devait savoir que je m'étais réfugiée quelque part près de Mary Point.

Au dîner, je mangeai la moitié d'un fruit à pain et un peu de poisson.

Lorsque je me réveillai, à l'aube, je découvris que la nasse, à l'entrée de la grotte, avait emprisonné deux fois plus de poissons que la veille. Dans la grande cavité rocheuse, les rayons du soleil n'avaient pas encore pénétré à travers le trou du plafond. J'allumai un feu à cet endroit et non dans le pré où je prenais le risque d'être aperçue de loin. Puis je mangeai les six poissons que j'avais mis de côté.

Replongeant la nasse vide au même endroit, je portai ma nouvelle pêche jusqu'au pré pour la faire sécher au soleil. Je découvris alors que les poissons disposés la veille avaient disparu. Ce n'était pas l'œuvre des mouettes mais d'un animal terrestre. Sur le sol, je remarquai en effet les traces d'une bête étrange, des marques de griffes et d'une longue queue.

Il fallait donc me protéger d'autres vols. Après deux jours de travail, j'avais construit une plate-forme dans un arbre, la plus haute qu'il m'eût été possible de faire.

Le lézard géant pourvu d'une queue aussi longue que mon bras, le voleur qui m'observait sur une haute corniche la journée durant, ne pouvait grimper aux arbres. Les mouettes parvenaient certes à chiper quelques prises dans la nasse, mais ma réserve augmentait chaque jour d'une centaine de poissons.

Je ne comptais pas les jours de ma liberté retrouvée, mais je devinais au nombre de poissons stockés et aux nouvelles du gros tambour que plus d'un mois s'était écoulé. Décembre débutait.

À Mary Point, le groupe des fugitifs, par l'intermédiaire du tambour, pressait les esclaves à fuir les plantations. L'instrument parlait du jour de leur révolte, du jour où ils tueraient leurs maîtres. Ce grand jour n'avait pas encore été fixé mais il approchait. Bientôt, disait le tambour.

Un matin, j'empaquetai la poudre puis enveloppai le poisson dans des feuilles que je fourrai dans la nasse et j'emballai le tout dans ma natte.

Quand je terminai de ranger mes affaires, le soleil brillait haut dans le ciel. Si je me mettais en route sur-le-champ, je pouvais être vue des plantations de Francis Bay ; c'est pourquoi je patientai jusqu'au lendemain et, à l'aube, lorsque les premiers feux brûlèrent sur la falaise de Mary Point, je me dirigeai vers la plage.

Par sécurité, je quittai celle-ci avant d'atteindre la plantation où j'avais rencontré les deux jeunes Blancs. J'aperçus à nouveau l'un des garçons mais nous n'échangeâmes pas un mot. Quelques mètres plus loin, je croisai une vieille femme portant une pile de bois sur la tête. Je pensais me cacher dans les buissons mais elle me vit la première.

Soupçonneuse, elle me demanda :

— Où vas-tu, comme ça ?

— Il fait si chaud aujourd'hui que je l'ai oublié, répondis-je, prudente.

Nous nous tenions près du bosquet de pins térébinthes à écorce rouge qui, selon Konje, marquait la piste vers Mary Point.

— Tu as l'air effrayé, reprit-elle. Tu rejoins les fugitifs.

Je gardai le silence.

— Écoute, mon enfant. Crois-moi sur parole, reste à l'écart de cet endroit. Ils meurent de faim, là-bas. Ils mangent des rats et toutes sortes de bestioles. Bientôt, ils finiront par s'entre-dévorer. Lorsque les soldats débarqueront – et ils le feront bien vite, ai-je entendu dire –, ils te retrouveront et te ramèneront à ton maître, à la plantation. Tu sais ce qui arrive dans ces cas-là…

Joignant le geste à la parole, elle se passa un doigt sur la gorge puis s'en alla brusquement.

Je restai paralysée et ne parvins à bouger que lorsqu'elle fut depuis longtemps partie.

Chapitre 20

Quittant le bosquet de pins térébinthes, je me dirigeai vers la jungle de cactus, cactus qui se dressaient bien au-dessus de ma tête sur un sol tapissé d'épines. Soudain, j'entendis des voix lointaines, quelqu'un qui coupait du bois. Les bruits provenaient des abords du camp des fugitifs mais je ne vis aucune trace d'un sentier.

Balançant mon chargement sur ma tête, je ramenai les pans de ma robe autour de ma taille puis fis quelques pas. Malgré la prudence avec laquelle je progressais, les épines de cactus me perçaient la plante des pieds. Il me fallait faire une pause.

Je déposai la natte sous un pin térébinthe et

commençai à ôter les épines plantées dans mes pieds. Quelques gouttes de sang perlèrent. J'épongeais mes pieds quand un bruit de sabot me parvint du sentier pierreux. Vite, je m'allongeai à plat ventre dans les fourrés.

À travers les arbres, je vis deux ânes et leurs cavaliers qui caracolaient assez rapidement sur le sentier. Le garçon que j'avais vu un peu plus tôt les accompagnait. Arrivés au niveau des arbres, ils s'arrêtèrent ; les ânes, fourbus, étaient en nage.

Un homme – un Blanc – mit pied à terre. Il tenait un pistolet d'une main, sa perruque de l'autre. Il transpirait autant que les ânes.

— Qu'en penses-tu ? dit-il à son compagnon, un Noir.

— Je pense qu'elle a filé, répondit l'homme.

— Elle a de longues jambes, plus longues que les tiennes, papa, intervint le garçon. Elle court vite, plus vite que toi. Elle détale avant même que tu n'aies le temps de dire ouf.

Les hommes commencèrent alors à chercher des empreintes de pas, tandis que le garçon allait et venait le long du sentier. Après s'être épongé la tête, le Blanc recoiffa sa perruque.

— Elle a pu remonter le sentier vers Annaberg, suggéra-t-il.

— Non, elle n'a pas remonté le sentier, rétorqua le Noir. Voilà ses empreintes, juste là.

Ils examinèrent les traces de pas brouillées dont certaines appartenaient au garçon. Puis ils fouillèrent du regard la forêt épineuse.

Lorsque enfin ils s'éloignèrent, je me dirigeai vers les bruits que faisaient les coupeurs de bois. Je marchai en marge du sentier puis décrivis un grand cercle quand je me rendis compte que je m'étais perdue. Retrouvant la trace d'un sentier, je sortis subitement de la jungle et tombai sur le camp des fugitifs.

À grands cris, des enfants s'élancèrent vers moi. Pâles malgré leur peau noire, ils avaient les os saillants. Persuadés que j'amenais de la nourriture, ils m'auraient jetée à terre si le coupeur de bois ne les avait pas effrayés avec sa hache.

Aux bruits des menaces et des cris, Konje traversa précipitamment la clairière que je venais de quitter et, me soulevant de terre, il m'étreignit puis me reposa.

— Qu'apportes-tu ? demanda-t-il.

— De la nourriture et un peu de poudre.

Il s'empara immédiatement du paquet.

— Du poisson... je les ai attrapés à Whistling

Cay. J'en ai pris beaucoup, assez pour me permettre de tenir un long moment.

— Un long moment ? répéta-t-il.

Et, déchirant le ballot, Konje répandit les poissons sur ma natte déroulée.

— Ce long moment est déjà du passé, fit-il.

Ses camarades – hommes, femmes et enfants – l'avaient rejoint. Mon fiancé leur conseilla de rester calmes puis leur remit à chacun une poignée de poissons.

— Ne les mangez pas aujourd'hui, mais demain. Ainsi, vous pourrez cette nuit rêver de nourriture.

Une rumeur attristée s'éleva de la foule mais pas un seul ne mangea de poisson ce jour-là.

La façon dont Konje dirigeait le camp m'émerveillait. Plus de cent cinquante fugitifs y vivaient et, malgré la présence d'un prince du golfe de Guinée, la parole de Konje faisait force de loi.

Il avait réussi à conserver la cohésion du groupe depuis le début, appris-je, en dépit du manque d'eau et de nourriture, hormis la pulpe de cactus ; en dépit des menaces du prince qui, durant une période, voulait emmener les fugitifs vers un autre lieu. Konje avait écouté ses griefs puis l'avait conduit hors de Mary Point.

Mon amie Lenta se trouvait également là. Elle avait fui très tôt la plantation appartenant aux deux frères Haugaard qui l'avaient maltraitée. Aussitôt que les tambours s'étaient mis à parler à Mary Point, elle s'était évadée avec son fils.

Lenta avait le don de très bien cuisiner. À Barato, en Afrique, Konje venait souvent à la maison juste pour le plaisir de savourer ses plats. Avant la fin du jour, Konje m'envoya travailler avec mon amie.

Chacun ici avait une tâche à accomplir. Des femmes ramassaient du bois ; d'autres nettoyaient les chemins qui sillonnaient le champ au milieu duquel se dressaient les huttes. Le champ, qui s'étendait jusqu'au bord de la falaise, était parsemé de buissons aux épines crochues qui s'agrippaient à tout.

D'autres encore récoltaient des cactus cierges deux fois plus grands qu'un homme puis les débitaient en morceaux. C'était notre unique source d'eau. La nuit, quelques-uns descendaient à Maho Bay pour poser les nasses à poissons, notre principale nourriture.

Plus d'une centaine d'hommes possédaient

des mousquets. Ce soir-là, avant le dîner, ils firent des exercices à la lumière des torches ; armés, ils avancèrent vers le mur de cactus, la seule ouverture par laquelle les planteurs et la garde civile auraient pu pénétrer de force dans le camp. Personne ne fit feu car la poudre nous était comptée. Konje allait et venait le long des rangs, veillant à ce qu'ils agissent tels des guerriers et non comme des hommes qui s'amusent un moment.

Après quoi, mon fiancé envoya les jeunes hommes à la falaise afin qu'ils dénichent des œufs et capturent des oiseaux. Pour le dîner, Lenta prépara deux grandes marmites un mélange de farine charançonnée et de vieux œufs dans auquel elle ajouta une douzaine de gros volatiles. Elle y incorpora également des poignées d'une plante grimpante qui poussait partout ici et qui donnait un bon goût à la nourriture. Tous déclarèrent n'avoir rien mangé d'aussi bon depuis longtemps.

Pendant que nous mangions, la voix d'un tambour s'éleva à l'est. Il voulait savoir si le camp de Mary Point était prêt à se soulever. La garde civile, forte de trente hommes, s'était regroupée chez Duurloo, le planteur.

Sans perdre de temps, Konje se dirigea vers

le gros tambour installé devant la hutte tenant lieu de cuisine. L'instrument se résumait à un morceau de tronc creux tendu d'une peau de chèvre. Mon fiancé envoya son message : le camp de Mary Point était prêt, mais avant tout il fallait rassembler la poudre au pied des pins térébinthes cette nuit même.

Puis quelques-uns sortirent des petits tambours. Nous entonnâmes des chansons africaines mais personne ne dansa. Peur et tristesse s'échappaient de cette musique.

Chapitre 21

Les tambours parlaient. Leurs voix venaient de toutes les directions, répercutées d'une colline à l'autre. De Hurricane Hole, à l'est, jusqu'à Ram's Head ; le long de la côte, près de Great Cruz Bay, de Little Cinnamon jusqu'au fort de Duurloo.

— Il y a tant de messages qu'il est difficile de les distinguer les uns des autres, dit Konje. En tout cas, des esclaves se sont révoltés dans certaines plantations. Mais lesquelles ?

En milieu de matinée, d'autres nouvelles nous parvinrent. Une âme solitaire entra en boitillant dans le camp et agita un bâton. Elle se traîna jusqu'à la hutte des cuisines, s'écroula par terre et ne remua plus jusque très tard ce jour-là.

C'était Néron.

Une flasque de rhum *Kill Devil* dépassait de sa poche. Konje le fit parler grâce à l'alcool. Au début, Néron frappait le sol avec son bâton, ouvrait la bouche mais ne grommelait que des sons incompréhensibles. Finalement, lorsqu'il eut fini de boire le rhum, il confia à Konje les détails de la révolte, dans un récit entrecoupé de longues pauses.

Selon Néron, des esclaves avaient fui à Ram's Head et se dirigeaient, à l'ouest, vers nous, en longeant la côte. Ils pillaient et tuaient tout ce qu'ils trouvaient sur leur chemin. Les quatre-vingt-sept esclaves de Duurloo s'affrontaient entre eux. Le planteur avait dû fuir avec sa famille à Duurloo Cays.

Le gouverneur Gardelin, raconta Néron, avait déclaré qu'il offrirait cinquante rigsdalers de récompense pour chaque fugitif capturé mort ou vif et ramené au fort de Duurloo. Ce qui signifiait que des douzaines d'esclaves fidèles aux Blancs traqueraient les fugitifs, les assassinant si nécessaire.

Néron avait quitté les Van Prok à l'aube. Ces nouvelles étaient donc toutes fraîches. Elles étaient également vraies, Konje en avait l'intuition. Abandonnant les Blancs, Néron semblait avoir pris le parti des fugitifs.

— Nous pouvons accueillir les rebelles s'ils viennent au camp, décida Konje. Mais il faut craindre les esclaves qui ont en tête la récompense des cinquante rigsdalers ; il est difficile de déterminer si tel ou tel esclave est fidèle à son maître ou pas…

J'observais le bomba, assis près du feu, son bâton sur les genoux. Que Néron fût resté fidèle aux Van Prok, c'était chose possible. Konje était du même avis, aussi garda-t-il un œil sur lui jusqu'à ce que le nouveau venu s'endormît.

Tôt le lendemain matin, le pasteur Gronnewold se présenta au camp sans monture. Il avait dû laisser son âne du côté des pins térébinthes. Le prédicateur menait par une corde deux chèvres qu'il avait trouvées sur le sentier.

Isaak Gronnewold les attacha puis s'adressa à Konje :

— J'ai quitté la plantation de Duurloo ce matin, à l'aube… La garde civile s'apprête à attaquer Mary Point, mais pas aujourd'hui. Les soldats attendent une livraison de poudre qui viendra de Little Cruz. Ils ne l'auront pas avant demain…

— Mais soyez sur vos gardes dès ce soir, prévint le bomba.

Konje finit par retrouver confiance en Néron, lorsqu'il découvrit son dos meurtri de marques rouges et boursouflées. Pour une raison que le bomba refusait de dévoiler, Jost Van Prok lui avait fait subir le supplice des tenailles rougies à blanc.

Suivant le conseil de Néron, Konje envoya une sentinelle près des pins térébinthes. Si des soldats remontaient le sentier depuis le fort de Duurloo, le guetteur devait imiter le cri du perroquet.

Tard cet après-midi-là, les chèvres rôtissaient au-dessus d'un feu creusé dans un trou. Tout autour, une majorité d'entre nous regardaient, émerveillés, les bêtes cuire en reniflant les délicieuses odeurs quand un cri de perroquet retentit.

Des soldats avaient été repérés.

Puis nous entendîmes dix cris brefs suivis de deux longs.

Interprétant le message, Konje annonça :

— Vingt gardes sur le sentier tirent deux canons.

Il fallait agir très vite.

Konje ordonna aux femmes de regagner leurs huttes. Lenta demeura près du feu, derrière les pierres où les chèvres rôtissaient. Je ne la quittai pas. Nous avions toutes deux des couteaux.

Puis les hommes coururent chercher leur mousquet. Konje les divisa en deux groupes qu'il posta de part et d'autre du mur de cactus. Derrière lui, il plaça des hommes armés de machettes.

Nous attendions.

Le crépuscule n'allait pas tarder à envahir le ciel quand le premier coup de canon tonna.

— Gardelin leur a fourni de la bonne poudre, commenta Konje.

Le boulet de canon transperça le mur de cactus. Le deuxième projectile agrandit l'ouverture et passa à une vitesse fulgurante devant nos huttes, en direction de la falaise.

Le passage pratiqué par les boulets était certes large mais jonché de gros débris de cactus couverts d'épines. Loin au fond du sentier, un garde avançait lentement vers nous. Un coup de mousquet l'étendit à terre. Ses collègues le traînèrent hors du sentier et disparurent.

Les soldats tirèrent alors dix autres coups de

canon qui ne blessèrent personne. Aucun d'entre eux n'osa se montrer sur le sentier, mais ils promirent de revenir avec de la poudre.

Nous décidâmes de ne pas répondre. Mieux, nous célébrâmes notre victoire.

Chapitre 22

Tandis que le soleil déclinait, nous savourâmes les bonnes odeurs de viande rôtie. Tout le monde chantait et dansait au son des petits tambours. Konje et moi dansâmes ensemble. Suffoquant, j'avais l'impression de me mouvoir au gré du vent du nord lorsque celui-ci descend de la jungle en traversant Barato.

Lorsque la danse s'acheva, Konje rejoignit la sentinelle. Il pensait que les soldats de la garde civile pouvaient revenir à la faveur de l'obscurité. Je demandai au pasteur Gronnewold s'il accepterait de nous marier, Konje et moi. Ainsi, nous serions unis à jamais.

Après le retour de Konje, Isaak Gronnewold nous prit par le bras et nous demanda de nous tenir par la main. Lorsque le révérend ouvrit sa bible, une étrange expression se dessina sur le visage de mon fiancé qui, lentement, recula.

— Que se passe-t-il ? s'étonna le pasteur.

Konje ne répondit pas. Il était comme dans l'impossibilité de prononcer un mot.

— À Barato, expliquai-je, un homme ne peut se marier avant d'avoir atteint ses trente ans. Konje n'en a que vingt-huit.

À ces mots, Isaak Gronnewold éclata de rire.

— Écoute, jeune homme, tu n'es plus en Afrique. Et il est probable que tu n'y retourneras jamais. Avance et donne-moi la main.

Konje demeura silencieux. Une foule de femmes rassemblées autour de nous se mirent à se moquer gentiment de lui.

— Il a l'air d'un homme de quarante ans, fit l'une d'entre elles.

— Oh, j'irais jusqu'à cinquante ! renchérit une autre.

Je les quittai et m'assis près du feu. Je n'étais pas en larmes mais très en colère. Je tournai le dos à l'assemblée afin que mon fiancé ne pût voir mon visage, quand je fus littéralement soulevée de terre. Et, soudain, je tournoyais dans les airs. Le vent du nord, celui de Barato, soufflait de nouveau à travers la jungle.

Le pasteur Gronnewold sourit. Après nous avoir demandé de joindre les mains, il ouvrit sa Bible et en lut un bref passage. Konje prononça quelques mots et, à mon tour, je dis :

— Oui.

— Vous êtes maintenant mari et femme, proclama le prédicateur.

Une petite lune argentée flottait bas dans le ciel. Des files de nuages noirs, des nuages de pluie, rôdaient autour de l'astre froid. Un oiseau de nuit appela son compagnon qui lui répondit.

— Bons présages, souffla mon époux en m'embrassant.

À l'aube, j'étais blottie dans les bras de Konje lorsque j'entendis un bruissement du côté des arbres chargés de cosses qui crépitaient. Puis le silence tomba. Soudain, le vent balaya le camp en soulevant les feuilles de palmier des huttes. Des sortes de cris, de gémissements me parvenaient de Whistling Cay, qui évoquaient les râles de personnes qu'on torture.

Un peu plus tard, le soleil se leva en nuages de feu. Ils virèrent au noir, tournoyèrent dans le ciel puis, doucement, il se mit à pleuvoir. La pluie cessa un instant puis reprit de plus belle. À la tombée de la nuit, l'eau ruisselait dans le camp pour se déverser du haut de la falaise en un torrent boueux.

Il plut une semaine durant. Le pré se transforma en un lac, les rangées de cactus plus grands qu'un homme devinrent vert vif. On pouvait sentir les cactus boire l'eau du ciel pour la stocker en vue de la prochaine sécheresse.

Le vent ne cessait de souffler. Les gémissements et cris qui provenaient de Whistling Cay résonnaient si fort que nous ne savions plus s'il s'agissait des tambours de Duurloo ou ceux, lointains, de Little Cruz et de Coral Bay.

Certain que son gros tambour serait entendu malgré le vent, Konje envoyait message sur message – toujours le même :

« Esclaves, nous avons besoin de vous ici, à Mary Point. Apportez armes à feu et nourriture. N'attendez pas ! »

Quelques-uns répondirent à son appel. Une femme arriva au camp, chargée de dix miches de pain qu'elle avait confectionnées avec de la farine volée près d'un feu, sur les collines. Deux hommes apportèrent eux aussi de la nourriture volée à Great Cruz Bay – des centaines de biscuits secs enveloppés dans des guenilles. Ils étaient également porteurs de nouvelles qu'ils avaient glanées le long de la côte.

La tempête avait érodé les falaises et détruit tous les sentiers, racontèrent-ils. Les combats à Great Cruz Bay avaient cessé mais, au fort de Duurloo, les esclaves fidèles aux Blancs guettaient les fugitifs, cachés derrière des barricades édifiées à partir de débris d'arbres, de pierres et de boue. Quant aux soldats de la garde civile, ils attendaient la poudre du gouverneur Gardelin à Saint Thomas.

Un soir, pendant le dîner, Konje eut une discussion avec Isaak Gronnewold et Néron. Depuis que j'avais rejoint le camp de Mary Point, c'était la première fois que j'entendais mon époux demander conseil. Tous trois, assis par terre devant la hutte des cuisines, mangeaient le poisson quotidien.

— Les hommes qui ont ramené le poisson ce matin m'ont appris que le sentier de Maho Bay a été détruit par les pluies, commença Konje. Lorsque les soldats de la garde civile auront reçu la poudre de Gardelin et se mettront en route pour Mary Point avec leur canon, ils ne pourront aller plus loin que Maho Bay ; en tout cas, ils seront bloqués tant que la route sera impraticable. Nous avons donc quelques jours devant nous pour préparer une autre attaque.

Isaak Gronnewold remua la tête.

— Cette fois, les soldats seront plus nombreux. Ils auront plusieurs canons et beaucoup plus de poudre. Si vous les repoussez, si vous tuez jusqu'au dernier des hommes de ce bataillon, le gouverneur mobilisera d'autres effectifs. Il ne cessera pas la lutte, quand bien même il ne resterait qu'une seule âme à Mary Point. Et si, par chance, il échouait, le roi de Danemark en personne nommerait un autre gouverneur qui, lui, réussirait.

Abasourdi, Konje fixait le prédicateur. Il ne pouvait en croire ses oreilles.

— Ce qui signifie que nous devrions abandonner la lutte et regagner les plantations ? Subir les nouvelles lois de Gardelin ? Accepter encore et encore que nos corps soient mutilés ?

— Non, non, s'empressa de répondre Isaak Gronnewold. J'irai à Saint Thomas, je parlerai au gouverneur. Je lui dirai que des centaines d'hommes, de femmes et d'enfants mourront s'il persiste à combattre Mary Point. Je lui dirai que vous êtes forts, que les fugitifs de Great Cruz Bay le sont aussi – ils ont déjà tué des planteurs. Il serait sage, plaiderai-je, de revoir les punitions qu'il a décrétées afin que les esclaves soient désormais traités comme des êtres humains, et non plus comme des animaux.

À ces mots, Konje éclata de rire, un rire sinistre qui me glaça le sang. Mon époux ne répondit pas et se tourna vers Néron qui connaissait bien les plantations et les Blancs.

— N'attends pas leur assaut, conseilla Néron. Si tu prends le risque d'attendre, même un mois, même un an, ils extermineront le camp. Tu as plus d'une centaine d'hommes armés de mousquets. Évite-leur ce piège, rejoins les fugitifs à Great Cruz Bay. Ensemble, unis, vous pouvez expulser tous les Blancs de Saint John.

Konje suivit le conseil de Néron. Les hommes se livrèrent à des exercices un mois durant, jusqu'à ce que les pistes fussent de nouveau praticables. Les femmes ne furent pas en reste. Armées de machettes à canne à sucre, nous étions déterminées.

Au cours d'un exercice, alors que le soleil pointait dans un halo de feu et que j'avançais, mon arme à la main, je pris une décision : j'annoncerais à Konje que je portais son enfant.

Chapitre 23

Le plan de Néron fut malheureusement reporté. À Great Cruz Bay, le prince Tamba, celui que Konje avait chassé de notre camp, était entré en conflit avec un certain Foulah, un autre prince. Ils avaient cessé de piller et de tuer les Blancs pour se combattre mutuellement.

Jour après jour, Konje attendait que le conflit prît fin. Mon époux envoyait des messages par le moyen du gros tambour, les exhortant à faire la paix. Puis, un jour, on apprit que le prince Foulah s'était débarrassé du prince Tamba. Le vainqueur se déplaçait maintenant vers l'ouest, en longeant la côte, pour rejoindre Konje et ses hommes au fort de Duurloo.

À cette nouvelle, Isaak Gronnewold descendit au fort pour transmettre ses paroles de paix aux deux hommes qui allaient réunir leurs troupes. Konje se préparait à partir dès le lendemain au crépuscule ; il contournerait Maho Bay puis, furtivement, dévalerait les collines en direction du fort de Duurloo, sans être vu.

Le lendemain matin, un garçon parti chasser les écureuils revint en courant à Mary Point. Essoufflé, il parvenait à peine à parler ; il émettait de petits cris en désignant la falaise.

Tout juste réveillé, Konje cessa de se peigner et secoua doucement le garçon. N'obtenant aucun renseignement, mon époux me prit par la main et nous suivîmes le garçon jusqu'au bord de la falaise.

En bas, entre Whistling Cay et la falaise, un grand navire flottait sur les eaux peu profondes. Il n'appartenait pas au gouverneur Gardelin ; ce n'était pas non plus un vaisseau négrier, comme le *God's Adventure*. Deux fois plus gros que ces deux derniers et armé de douzaines de canons dépassant des ponts, il avait trois hauts mâts au sommet desquels battaient des pavillons. Des hommes en uniforme bleu et coiffés d'un chapeau rouge à larges bords se déplaçaient sur les ponts.

Stupéfaits, Konje et moi, nous nous regardâmes. Nous demeurâmes sans voix, comme le garçon.

Un nom était gravé en lettres d'or sur la poupe du navire. Trois mots que je n'avais jamais vus auparavant. J'épelai le nom du navire à haute voix : ROI DE FRANCE.

— Cela signifie-t-il quelque chose pour toi? demanda Konje.

— Non, répondis-je.

Bientôt, nous en apprîmes davantage. Rassemblés autour de nous, tous les habitants du camp portaient leurs armes. Isaak Gronnewold, revenu du fort de Duurloo un peu avant l'aube, avait décidé de ne pas nous réveiller par l'annonce de la mauvaise nouvelle. Il se tenait au bord de la falaise et, fixant le magnifique navire, il ouvrit sa bible et en sortit une feuille.

— Ce papier, dit-il à Konje, émane de Pierre Dumont, le capitaine du navire. Le message est écrit en français. Un esclave de Duurloo qui parle cette langue l'a traduit en danois. On me l'a confié afin que je vous le remette.

Le pasteur semblait triste. Pourtant, aucun

d'entre nous ne s'attendait aux affreuses nouvelles qui allaient suivre.

— Selon ce papier, tous les fugitifs de Mary Point doivent se rendre dans les vingt-quatre heures et déposer mousquets et couteaux. En cas de désobéissance, ils seront ramenés à leurs plantations et immédiatement punis.

— Qui sont ces gens qui nous donnent des ordres ? gronda Konje, pâle de colère.

— Gardelin a demandé l'aide des Français, qui possèdent l'île de la Martinique. Il les a priés d'envoyer un de leurs navires de guerre pour mettre fin à la rébellion. Trois cents Français armés de cinquante canons…

— Nous les repousserons, comme nous avons repoussé les soldats de Gardelin, rétorqua Konje.

— Les Français ont d'autres navires, d'autres hommes en réserve.

— Nous les repousserons aussi !

— Il en viendra toujours plus.

— Qu'ils viennent !

Le papier du capitaine Dumont s'agitait dans le vent. Konje s'en empara et le mit en pièces. Le souffle du vent emporta les bouts de papier au-delà de la falaise.

Puis une acclamation s'éleva de la foule :

— *Sno de mun, sno de mun, sno de mun, Français!*

Ce qui signifiait, dans le langage des esclaves : «tais-toi, Français.»

Les mots résonnèrent longtemps. Personne ne se résolut à déposer les armes.

— Où sont les Français? demanda Konje.

— Au fort de Duurloo, répondit Néron. Il serait plus sage de ne pas les combattre ici. Ce soir, nous pourrions prendre le sentier vers Water Bay, à un mile d'ici environ, et nous cacher pendant une heure ou deux. Après nous être assurés que les Français sont toujours au fort de Duurloo, nous longerions la piste qui contourne les terres de Van Prok.

— Jost Van Prok est à Saint Thomas avec sa femme, intervint Konje.

— Parfait. Nous irons chez eux prendre toute la nourriture et le rhum, les chevaux et les mules qui restent, puis nous contournerons la propriété de Duurloo par petits groupes de dix hommes maximum. Après quoi, nous rejoindrons le prince Foulah.

Konje n'eut pas le temps de donner son avis.

Trois soldats surgirent des pins térébinthes et franchirent l'ouverture pratiquée par le canon de Gardelin. L'un tenait une trompette, l'autre un tambour. Le soldat du milieu brandissait un drapeau blanc fixé à un bâton. Derrière eux, je vis un escadron armé d'épées et de mousquets.

Ils défilèrent devant nos huttes vides puis traversèrent le pré. Armes à la main, nous nous tenions au bord de la falaise, prêts à nous battre. Nous les regardâmes avancer.

— Que signifie ce drapeau blanc? demanda Konje au pasteur.

— Qu'ils sont venus discuter pacifiquement, expliqua-t-il.

Le porte-drapeau s'arrêta devant mon époux et le révérend Gronnewold. Les deux joues striées de petites cicatrices rouges, il portait un uniforme bleu trop petit pour lui et des bottes luisantes.

— Le capitaine Dumont vous a ordonné de déposer les armes, déclara-t-il, s'adressant à Konje. Pourtant, vous êtes encore ici, vous les coupables, tous armés, à me faire front avec arrogance.

— On nous a commandé de déposer les armes demain ! rétorqua Konje.

— Le capitaine Dumont a changé d'avis.

— En change-t-il souvent?

— Aussi souvent que ça lui chante.

— Eh bien, moi, je n'ai pas changé d'avis, fit Konje. Demain, je transmettrai ma réponse au capitaine Dumont – pas aujourd'hui.

Cherchant à gagner du temps, mon époux allait donc suivre le conseil de Néron. Il projetait de quitter le camp ce soir même, de rejoindre le prince Foulah, puis de repousser les Blancs vers la mer.

Les soldats commencèrent à s'agiter.

Pressentant le danger, Isaak Gronnewold prit la parole.

— Où se trouve le capitaine Dumont ?

— Avec son armée, répondit le porte-drapeau.

— Et où est-elle, son armée ?

— Sur l'île Saint John.

— Voulez-vous dire au capitaine Dumont que je souhaite lui parler ?

— Le capitaine Dumont n'est pas venu ici pour bavarder, répliqua le soldat en faisant un signe de tête au trompette.

Chapitre 24

Nous demeurâmes sur le bord de la falaise, au milieu des rochers. Le son des tambours et le bruit de pas des soldats se rapprochaient inexorablement. Le capitaine Dumont et son armée se tenaient non loin de là, entre Mary Point et Maho Bay.

Le porte-drapeau ordonna d'une voix forte :

— Déposez vos couteaux et mousquets.

— Non ! hurla Konje. Nous ne nous rendrons pas !

Et nous empoignâmes nos armes.

Parmi les pins térébinthes, à travers le trou percé dans le mur de cactus, j'aperçus l'éclat des casques.

— Le capitaine Dumont et son armée sont aux portes du camp, annonça le soldat. Ils seront ici dans quelques minutes. Si vous les affrontez, vous serez battus. À nouveau, je vous ordonne de déposer les armes.

— Je désire parler au capitaine Dumont, répliqua Konje.

Il s'efforçait de parler de manière courtoise. Il avait compris que nous étions pris au piège. Il lui fallait donc renoncer au plan de Néron.

Le soldat répondit :

— Vous avez entendu les ordres du capitaine Dumont.

L'un des nôtres, Jacob me semble-t-il, un vieil homme au caractère vif, cria :

— *Jeg lugter fisk.*

Ce qui signifiait en danois : « Je sens quelque chose de louche. »

Laissant tomber le drapeau blanc, le soldat dégaina son épée et la pointa sur Konje quand, derrière le Blanc, un mousquet claqua. La balle siffla au-dessus de la tête de mon mari.

Le pasteur Gronnewold s'interposa entre les deux hommes et, en un geste amical, tendit la main vers le soldat. C'était une terrible erreur.

Mû par la colère ou la peur, l'homme recula. Isaak Gronnewold avança de nouveau une main amicale. De nouveau, un coup de feu éclata. La balle toucha le pasteur à la poitrine.

Il s'écroula.

Horrifiée, je courus à son secours. Isaak Gronnewold tentait vainement de se redresser sur les genoux en brandissant sa bible.

— Voici le chemin..., fit-il d'une voix étranglée. Le seul!

Le livre lui échappa des mains. Fermant les yeux, Isaak Gronnewold cessa à jamais de respirer.

Konje posa le corps sans vie au milieu des rochers, au bord de la falaise.

J'allai récupérer le couteau que j'avais laissé tomber dans l'herbe, puis rejoignis les autres. Le silence était total. Nous attendions tous les ordres de Konje.

Finalement, le porte-drapeau fit reculer ses soldats.

Nous les regardâmes traverser le pré, franchir le passage dans le mur de cactus, pour enfin disparaître.

— Les Français vont bientôt revenir, annonça Konje. Restez où vous êtes, ne les insultez pas, ne leur tirez pas dessus. Il faut d'abord que je parle au capitaine Dumont. Si la discussion échoue, alors nous ferons ce que nous avons à faire.

Chapitre 25

Au loin, des nuages striaient le soleil levant alors qu'un vent puissant soufflait de l'ouest. Des bruits – on eût dit la formidable respiration d'un animal – montaient de Whistling Cay. Silencieux, la main crispée sur nos armes, nous attendions Dumont et son armée.

Ils arrivèrent dans un fracas de roulement de tambours, les drapeaux claquant au vent. Franchissant le mur de cactus, les Français passèrent devant nos huttes puis stoppèrent à mi-chemin, dans le pré.

Je les comptai. Dix soldats par rang, plus de vingt rangs, des hommes armés d'épées et de mousquets à canon long… Je ne fus pas la seule effarée car j'entendis des petits cris surpris s'élever dans notre camp. Je jetai un regard à Konje. Son visage demeurait impassible. Il ne manifestait aucun signe de crainte.

Accompagné d'un officier, le capitaine Dumont s'approcha et se campa devant nous. Coiffé d'une perruque blanche bouclée et d'un tricorne, il avait une barbe pointue et grisonnante.

— Qui, parmi vous, est Apollon ? demanda-t-il d'une voix guillerette, en un danois correct.

— C'est moi, répondit Konje sans bouger de sa place. Êtes-vous venu parlementer ?

Le Français hocha légèrement la tête.

— Allons-nous parler d'homme à homme, ou d'esclave à maître ? demanda Konje.

— Tu es un esclave, alors parle en tant que tel, rétorqua Dumont.

— Je parlerai comme un homme libre, sinon je ne discuterai pas du tout ! gronda mon époux, furieux.

— Ça suffit ! rugit le capitaine.

Puis ce dernier s'adressa à l'officier qui, s'approchant de Konje, s'apprêta à emprisonner ses poignets à l'aide d'une chaîne. Sans mot dire et d'un seul geste, Konje l'envoya bouler par terre.

Le capitaine Dumont devint soudain très pâle. Il regarda l'officier étendu dans la poussière puis Konje, mais ne prononça pas un mot.

Ses hommes, derrière lui, n'avaient pas dû voir le coup de Konje ni l'officier estourbi au sol. Aucun bruit ne montait de l'attroupement de soldats.

Konje recula jusqu'au bord de la falaise et s'arrêta entre deux énormes rochers. La colère l'avait quitté. Konje considéra le capitaine Dumont avec son tricorne, sa perruque bouclée. Il considéra les soldats impeccables sur le pré.

Ses yeux se posèrent un instant sur nous, regroupés, silencieux, qui serrions nos couteaux et nos mousquets. Sur son visage s'afficha une expression que je ne lui connaissais pas. On eût dit qu'il flottait dans les cieux, on eût dit un dieu regardant son peuple.

Je l'observais qui scrutait les vagues léchant les rochers, en contrebas. Puis il s'éloigna de cette vue.

Néron, près de moi, me demanda :

— Mais pourquoi se tient-il là ? Qu'attend-il ? Il faut engager le combat, semer la mort !

Soudain, Konje leva son mousquet qu'il dirigea vers le capitaine Dumont. Puis il jeta son arme et nous ordonna d'en faire autant.

— Nous ne vous ferons pas l'honneur d'un combat, déclara-t-il. Mais nous ne nous rendrons pas !

Dumont garda le silence. Il ne bougea pas lorsque nos armes tombèrent avec fracas par terre, lorsque Néron brandit son bâton de bois et de fer. L'ex-contremaître des Van Prok semblait ne pas en croire ses yeux.

Konje se dirigea vers lui et l'entraîna au bord de la falaise. Ils discutèrent un moment, s'arcboutant contre le vent qui menaçait de les balayer.

Ils se turent un instant, contemplant la mer et l'horizon lointain ; puis Néron jeta son bâton en direction de l'armée française.

D'un bond, il sauta dans les airs.

— Comme Néron, il est temps pour nous de partir, de quitter cette brutale servitude ! déclara Konje.

— Oui, oui, oui ! s'exclamèrent les esclaves.

— Il est temps pour nous d'aller vers des rivages plus verts ! Vers la liberté.

— Oui, oui, oui !

Je n'entendis aucun gémissement, je ne vis aucune larme, bien que chacun sût désormais ce qu'il lui restait à faire.

Cinq jeunes filles s'avancèrent et, se prenant par le bras, elles sautèrent de la falaise en chantant un air joyeux. J'entendis leurs voix un moment qui me sembla très long.

Le vieux Jacob sortit de la foule. Insultant copieusement le capitaine Dumont, il brandit son bâton avant de disparaître. Lenta me salua. Elle tenait son fils par la main. Lenta le prit dans ses bras et, eux aussi, partirent.

Les hommes, les femmes, tous sautèrent.

Dans leurs uniformes bleu vif, les soldats français étaient appuyés sur leurs mousquets étincelants. Le capitaine Dumont observait l'horrible scène, les bras croisés sur la poitrine. Il semblait satisfait de voir les esclaves s'offrir à la mort. Satisfait de ne pas avoir à les ramener aux plantations afin qu'ils y fussent torturés.

Des nuages voilèrent le soleil. Des aigles pêcheurs planaient dans l'air gris.

Notre peuple avait disparu.

Il ne demeurait que Konje et moi.

Lorsqu'il tendit les mains, je m'avançai vers lui. Mais je ne fis que quelques pas. Pour la première fois, je sentis notre enfant remuer dans mon ventre. Je m'arrêtai et m'arc-boutai contre le vent.

— Que se passe-t-il ? s'inquiéta-t-il.

— Rien, répondis-je.

— Si, il se passe quelque chose.

Il me fixa d'un regard ardent.

— L'enfant ? demanda-t-il.

— Oui.

— Ne pense pas à lui. Nous partons tous les trois – tous les trois vers un monde meilleur et des jours plus heureux.

— Les jours plus heureux seront pour bientôt, ici…

— Jamais ! Pas sur cette île. Viens, il est temps de partir.

— Non.

Konje me saisit par les mains. Je crus qu'il voulait m'entraîner avec lui dans le vide. Je ne bougeai pas.

Une expression étonnée voila son visage puis il recula. Debout au bord de la falaise, au milieu des rochers, Konje disparut quelques secondes plus tard. Le ciel gris l'engloutit.

Courant vers la falaise, je priai Dieu d'avoir fait un cauchemar. Un faible bruit me parvint d'en bas. J'imaginai la voix de Konje qui m'appelait.

Je fis un pas hésitant mais mon corps se raidit à nouveau. Paralysée, je ne parvenais pas à aller plus loin.

Notre enfant me reliait à la terre sur laquelle je me tenais debout. Il me reliait à la vie pour toujours.

Épilogue

Le capitaine Dumont ayant appris que Jost Van Prok avait fui la veille de l'incendie de sa maison, il emmena Raisha sur l'île de la Martinique. La jeune femme travailla dans sa maison, s'occupa de ses enfants. Elle mit au monde une fille. Après un an d'esclavage, selon les lois françaises, Raisha fut affranchie. Elle devint libre. Sa fille aussi.

Castor Poche, des livres pour toutes les envies de lire: pour ceux qui aiment les histoires d'hier et d'aujourd'hui, ici, mais aussi dans d'autres pays, voici une sélection de romans.

832 Les insurgés de Sparte **Senior**
par Christian de Montella
À Sparte, la loi impose de n'avoir que des enfants vigoureux. L'un des jumeaux de Parthénia est si frêle qu'elle le confie en secret à une esclave émancipée. Mais les deux frères vont se retrouver et s'affronter...

831 Les disparus de Rocheblanche **Junior**
par Florence Reynaud
Au IXème siècle, les habitants de l'Aquitaine vivent dans la terreur des vikings, qui saccagent les villages et enlèvent les enfants... Eglantine et son petit frère sont ainsi vendus comme esclaves.

830 Chandra **Senior**
par Mary Frances Hendry
À onze ans, Chandra est mariée, suivant la tradition indienne, à un jeune garçon qu'elle n'a jamais vu. Après leur rencontre, ce dernier meurt brutalement: Chandra est accusée de lui avoir porté malchance.

829 Un chant sous la terre **Junior**
par Florence Reynaud
Isabelle a douze ans et doit travailler à la mine pour aider sa famille. Mais elle a un don, sa voix fait frémir d'émotion quiconque l'entend chanter. Une terrible explosion bloque Isabelle dans la mine, son don pourra-t-il alors la sauver ?

828 Léo Papillon **Junior**
par Lukas Hartmann
Léo, huit ans, souffre de sa maladresse. Il aimerait être léger et beau comme un papillon. Son rêve consiste alors à s'enfermer dans un cocon de fils multicolores, en attendant la métamorphose...

827 La chance de ma vie **Senior**

par Richard Jennings

Quand on a douze ans, recueillir un lapin blessé semble bien naturel, voir banal. Pourtant, Orwell est plus qu'un animal... c'est une chance !

825 Temmi au Royaume de Glace **Junior**

par Stephen Elboz

Les soldats de la Reine du Froid ont enlevé Cush, un ourson volant qui vit dans la forêt près de chez Temmi. Temmi les suit au Château des Glaces, où toute chaleur est proscrite. Mais des insoumis organisent une rébellion.

824 Les maîtres du jeu **Senior**

par Roger Norman

Edward a douze ans. Il découvre chez son oncle un jeu de société qui renferme un mystérieux secret. Il se retrouve plongé dans un terrible engrenage, où le jeu et la réalité se rejoignent.

823 Akavak et deux récits esquimaux **Senior**

par James Houston

Akavak, Tikta'Liktak et Kungo l'archer blanc sont esquimaux. Dans l'univers rigoureux du grand Nord, ces héros doivent lutter pour survivre : découvrez leurs trois aventures au pays des icebergs...

821 Ali Baba, cheval détective **Junior**

par Gisela Kaütz

Pendant une représentation du cirque Tenner, quelqu'un a dépouillé les spectateurs de leurs portefeuilles. Sarah, la fille du directeur, découvre le butin caché dans le box de son cheval Ali Baba. L'enquête est ouverte...

820 L'étalon des mers **Senior**
par Alain Surget
Leif et son père Erick, bannis de leur village de vikings, embarquent sur un drakkar avec Sleipnir, leur magnifique étalon. Leur voyage les conduit d'abord au Groenland, où ils font la connaissance des Inuits.

819 Mon cheval, ma liberté **Junior**
par Métantropo
Aux Etats-Unis en 1861, la guerre de Sécession fait rage. Amidou, jeune esclave noir, s'occupe des chevaux d'une plantation. Lui seul peut approcher Stormy, le fougueux étalon, ce qui déclenche la jalousie du fils aîné.

818 Une jument dans la guerre **Senior**
par Daniel Vaxelaire
Pierre, fils de paysan dans la France napoléonienne, rêve de devenir un héros. Il part rejoindre les troupes de l'Empereur qui se battent en Italie. Le chemin n'est pas sans danger mais le destin met sur sa route une jument qu'il adopte et baptise... Fraternité.

817 Pianissimo, Violette ! **Senior**
par Ella Balaert
Violette a dix ans et vient de déménager. Elle se fait bien à sa nouvelle vie. Le seul problème, c'est son professeur de piano : "Le Hibou" lui mène la vie dure et pourtant Violette s'applique !

816 Pas de panique ! **Senior**
par David Hill
Rob adore les randonnées en haute montagne. Il est loin d'imaginer qu'il va falloir assurer pour six ! Car le guide de son groupe meurt brutalement... facile de dire "pas de panique" dans ces conditions.

815 **Plongeon de haut vol** **Senior**

par Michael Cadnum

Bonnie pratique le plongeon de compétition. Un jour, elle se cogne la tête contre le plongeoir et depuis n'arrive plus à plonger. En plus, son père est accusé d'escroquerie...

814 **Et tag!** **Senior**

par Freddy Woets

Vincent a une passion : peindre, dessiner et surtout taguer. Mais le jour où Alma se moque de son dernier tag en le traitant de ringard, Vincent est profondément vexé...

810 **Une rivale pour Louisa** **Junior**

par Adèle Geras

Louisa déteste la nouvelle du cours de danse: elle est trop douée! Un chorégraphe vient recruter de jeunes danseurs: et s'il ne choisissait que Bernice? Heureusement, la chance et l'amitié triompheront de leur rivalité.

809 **Louisa près des étoiles** **Junior**

par Adèle Geras

Louisa rêve d'assister à une représentation de Coppélia, mais les billets sont chers, et de toute façon, il ne reste aucune place ! Heureusement, la chance lui sourit : Louisa va même pouvoir rencontrer les danseurs étoiles!

808 **Le secret de Louisa** **Junior**

par Adèle Geras

Tony, le nouveau voisin de Louisa, est doué pour la danse, mais il est persuadé que seules les mauviettes font des entrechats. Pour cultiver ce talent caché, la petite « graine de ballerine » a une idée en tête...

Cet
ouvrage,
le six cent
trente-septième
de la collection
CASTOR POCHE,
a été achevé d'imprimer
sur les presses de l'imprimerie
Maury Eurolivres
Manchecourt - France
en mai 2002

Dépôt légal: mars 1998.
N° d'édition : 4291. Imprimé en France.
ISBN: 2-08-164291-3
ISSN: 0763-4544
Loi n° 49-956 du 16 juillet 1949
sur les publications destinées à la jeunesse